[美] 查尔斯·芬格/文

李楠楠/译

南来寒/主编

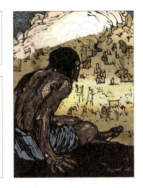

纽伯瑞儿童文学奖
获奖作品精选

10

银色大地的传说

南京大学出版社

图书在版编目（CIP）数据

银色大地的传说 /（美）查尔斯·芬格著；李楠楠
译 . -- 南京：南京大学出版社，2018.1
（纽伯瑞儿童文学奖获奖作品精选 / 南来寒主编）
ISBN 978-7-305-18757-5

Ⅰ . ①银… Ⅱ . ①查… ②李… Ⅲ . ①儿童小说 - 长
篇小说 - 美国 - 现代 Ⅳ . ① I712.84

中国版本图书馆 CIP 数据核字 (2017) 第 117431 号

出版发行　南京大学出版社
地　　址　南京市汉口路22号　　邮编　210093
出 版 人　金鑫荣
丛书策划　石　磊
项目统筹　刘红颖

丛 书 名　纽伯瑞儿童文学奖获奖作品精选
书　　名　银色大地的传说
著　　者　［美］查尔斯·芬格
译　　者　李楠楠
主　　编　南来寒
责任编辑　宋冬昱　　　　　编辑热线　025-83592828
责任校对　张　珂
终审终校　曹　丹

印　　刷　江西华奥印务有限责任公司
开　　本　889×1320　1/32　印张5.125　字数135千
版　　本　2018年1月第1版　2018年1月第1次印刷
ISBN　978-7-305-18757-5
定　　价　24.00元

网址：http://www.njupco.com
官方微博：http://weibo.com/njupco
官方微信号：njupress
销售咨询热线：（025）83594756

　　纽伯瑞儿童文学奖（Newbery Medal），又称纽伯瑞奖。1922年由美国图书馆学会（American Library Association）的分支机构——美国图书馆儿童服务学会（Association for Library Service to Children）创设，旨在表彰那些为美国儿童文学做出杰出贡献的作者们。该奖每年颁发一次，专门奖励上一年度出版的英语儿童文学优秀作品。每年颁发金奖一部、银奖一部或数部。自设立以来，已评出数百部优秀的儿童文学作品。纽伯瑞儿童文学奖已成为美国乃至世界公认的儿童文学大奖。

内 容 简 介

　　在遥远的古代，人们日出而作、日落而息；他们或许跟我们有着同样的困惑和类似的向往，却没有像样的文字来记录，只好在山洞的篝火边一遍遍讲述。这些故事的命运如同风中之烛，随时都会消散在山野间，再也无法为外人所知；而其中的幸运儿就变成了代代相传、妇孺皆知的民间故事，也成了孩子们的童话。

　　民间故事和童话一脉相承。以少胜多、以小制大的套路我们已经很熟悉，作风老派的大坏蛋跟机智勇敢的小英雄仍旧是喜闻乐见的主题——即便成人也一样会被这些故事吸引，因为多少年来，童话传唱的仍是非凡的智慧、正直的品格以及不屈不挠的决心。

　　本书往往以讲故事的口吻开篇，而讲故事的正是成年人，所以谁说成年人不需要童话呢？从浓密的森林到广袤的草原，看山间怪石嶙峋，探海底阴森恐怖，方才晴空万里，立时白雪皑皑……这些光怪陆离的体验触手可得，无论成人还是孩子，都无法拒绝。

　　那么，请搬好小板凳听故事吧！

目 录

1. 三条尾巴

在洪都拉斯，有一个印第安人聚居的村庄，名叫变色龙。村子小得可怜，只能勉强算个镇子，镇上只有一条街，房子方方正正，盖着茅草屋顶，远远看去就像大蜂窝。这条街不分人行道和车道，房子也没有围上栏杆，所以一出房门就能走上街道。那条街是沙地，总是很热，待在屋子里的时候想出去；真的站在外面了，又想回到屋里，所以当地的小孩经常在小河边玩耍——我住在那的时候他们还去呢。

有一天我骑着毛驴来到镇上。天气太热，我让驴闲在一边歇着，随它吃草、睡觉、思考还是做梦，自己看着孩子们在水中玩耍。有个刚会走路的小孩子跟跟跄跄来到水边，伸腿进去游泳，像一条小狗那样，跟火地岛（位于南美洲最南端）最南部生活的小孩在冰水里游泳的姿势一样。他游过来，爬上岸到了我这边，他像小蟋蟀一样活泼好动，笑起来特别友好，正是这个年纪的小孩该有的样子。

白天一直很热，所以我没有急着赶路，当晚就在这个村子住下了。村民在屋外坐着，弹着吉他唱着歌。看见他们弹吉他，我突然想到自己也有一把小巧的风琴。那是我在法国买的，小巧精致又方便携带，只要拿张毯子包一下就能带走，骑马赶路的时候就塞进被褥挂在马鞍后面。看大家载歌载舞的样子，我也拿出小风琴跟他们一起演奏起来。虽然我总是走调，但大家都不在意，我们玩得很开心。过了一会儿，孩子们出于好奇围住了我。刚才吹得太难听了，为了缓解一下尴尬的气氛，我拿起几个纸卷和锡杯子给孩子们变起了把戏，逗得孩子们咯咯笑，其中就有白天那个游到我脚边的小男孩。男孩的父亲很高兴，特地为我拿来羊奶和木薯面包，直夸我是个好人。为了表示他的热情和友好，男孩父亲唱了一首很长很长的歌。歌里有一只做了许多好事的鹦鹉，这只鹦鹉常年跟人一起生活，会唱好多歌。后来它飞回森林继续唱，森林里的鹦鹉跟着它都学会了，还唱得一字不落。不过在我听来，这些歌里最奇怪的歌词是最后一句：

"那时老鼠长着马一样的尾巴。"

老鼠的尾巴哪里有那么漂亮！我很是奇怪。等男孩的爸爸唱完，我忍不住问了他老鼠怎么会有马一样的尾巴。

男人认真听了之后回答我说："嗯，但那时老鼠就是有马一样的尾巴。"

"什么时候？"我问。

"兔子长着猫一样的尾巴的时候。"他说。

"我还是没明白。是很久很久以前吗？"

"那会儿鹿的尾巴长得像狗尾巴。"男人又说了一句。

我们说着说着，身边的人都围了过来，大家礼貌地放下乐器，不再唱歌。一位老妇人走近我们俩，一边抽雪茄一边点头说："他说得对。那是在汉巴茨生活的年代，他靠吃甲虫和蜘蛛生活。这个故事是我从外婆那里听来的，而我外婆正是从她外婆那里听来的。"刚说完，老妇人闭上眼睛，抽起雪茄。周围的人相互看看，都点了点头表示赞同，然后陷入了沉默。我猜老妇人会讲完这个故事，但大家都觉得再问老妇人接下来的故事显得很鲁莽，所以大家都没有说话。

突然一个小姑娘站起来，走上前递给老妇人一块糖，问道："那是两个兄弟还是三个兄弟呢？记得他们清理了大森林，只是我不记得有几个人了。"

老妇人听了小女孩的话，双眼亮了起来，扔掉雪茄开始继续讲故事。

"他们是两个兄弟。我以前跟你讲过的。"老妇人轻轻叹了口气，好像讲这个故事已经讲到不耐烦了一样。"你也许记得我之前跟你讲过这个故事，不过总是讲这个故事可不是什么好事。你看……"

老妇人边说边从胸口的袋子里掏出一样东西，东西的一头牢牢系着一条丝线。我们纷纷凑上前看——那是一块玉石，看得出是一块大石头碎裂的一部分，上面雕刻着一头长着牧羊犬一样尾巴的鹿。我们小心翼翼地传着看那块玉——尽管他们都看过好多次了。等到玉雕又传到老妇人手里之后，她把那块玉放回口袋，开始跟我们讲三条尾巴的故事。

　　早在我出生的时代之前，在遥远的古代，老鼠的尾巴很漂亮，像马的尾巴一样，有着长长的柔软的毛。那个时代叫旧汉巴茨时期，汉巴茨是一个巫师，住在黑暗的大森林深处，而这座森林就在河对岸。那个时候跟现在很不一样，动物也长得不太一样。有些动物个头大一点，有些比现在要小。跟我刚才谈到的那块石雕上刻得一样，鹿的尾巴像现在的狗尾巴，兔子的尾巴比现在的要长，像猫咪的尾巴那样蓬松多毛。

　　那片土地上生活着一位猎人，箭法高超，百发百中。他有两个儿子，个个英俊强壮，勇敢机智。兄弟俩不仅心灵手巧，投球、唱歌也都特别在行，他们能把球扔得比鸟儿飞得还高，唱起歌来能吸引来很多动物聆听。兄弟俩还都是飞毛腿，只有飞鸟才能把他们比下去。

　　兄弟俩渐渐长大，父亲觉得是时候让他们自立门户了，所以就在森林边上选了一块地方，叫兄弟俩用七天时间砍伐出一块空地。要知道，这片森林很大，太阳光很难穿透古树密密层层的叶子照下来，缠绕的树根就像无数粗大的绳子一样。这片丛林绵延数英里①，因为太过浓密，猴子都没法轻易穿过。森林深处有一片地方像深夜一样漆黑，那里生长着苍天大树，树干特别粗壮，三个人手拉着手也没法围抱起来。周围没有树的地方生长着像蛇一样的藤蔓，带刺的灌木和花朵长得巨大，影子里能躺下一个成年人。

伐木第一天，兄弟俩找了一大片地方，把砍倒的树干堆在一处，森林中空出来的那一块地方像湖面一样平整。他们一边唱歌一边干活，中午最热的时候休息了一会儿，歌声也没有停下来，吸引了一群歌声婉转动听的鸟儿，跟他们一起唱。合唱的歌声悠扬动听，引得鬣蜥蜴都从森林深处爬了出来。这头鬣蜥蜴上了年纪，跟人的个头差不多大，很少从藏身的地方爬出来。

黑暗的森林深处住着年老的汉巴茨。看到大树一棵棵被砍倒，他十分生气，害怕自己很快会失去这一藏身之地，所以他起身去找老朋友灰色猫头鹰商量该怎么办才好。猫头鹰跟汉巴茨说，一定要让父子反目才能保住汉巴茨的藏身地，要告诉他们的父亲兄弟俩很懒，他们只会唱歌玩球，根本没有伐木。

猫头鹰说："等他们父亲来问儿子干得如何，就这么跟他说：

'他们嬉戏又歌唱，

大半天都浪费掉。'

他肯定会大发雷霆砍掉他们的头，这样我们待在森林里就安全了。"

巫师听了觉得这个主意挺不错，还没等兄弟俩干完这天的工作，老汉巴茨就挥舞着两只手臂飞上了天空，像游泳一样飞快地飞向兄弟俩的父亲居住的地方，还别有用心地把自己装扮成了一

---

① 1 英里 =1.609 千米。

个伐木工。

"你好啊！"父亲见到汉巴茨，打了个招呼，没看出他是个巫师。"你打哪儿来呢？"

"我从森林那一头过来的。"汉巴茨说道。

"那你会不会看到我那两个伐木的儿子？"

"嗯嗯，看到了。"

"他们干活干得怎么样？"

听到这话，汉巴茨悲哀地摇摇头，照猫头鹰教他的那样回答道：

"他们嬉戏又歌唱，

大半天都浪费掉。"

当然事实并不是这样：兄弟俩的确一直在唱歌，但手一直没闲着，还在干活；兄弟俩也确实抛球玩，但球飞得老高了，掉下来需要花上几个小时，这段时间兄弟俩一样在伐木。

"他们要是我的儿子，"汉巴茨说，"我就把他们的头砍下来教训一番。"说完他就走了，直到走出兄弟俩的父亲的视线才又飞了起来——汉巴茨可不想让别人知道他是个巫师。

父亲听罢，脸上遍布阴云，但什么也没说。不一会儿兄弟俩干完活儿就回家了，他们跟父亲说已经砍倒了那一片森林。父亲很是吃惊，深思之后，吩咐两兄弟明天要砍掉今天两倍的树木。兄弟俩觉得这个任务不容易完成，但还是兴致勃勃地去伐木了。他们鼓足了干劲，干得很快，大树像玉米一样一根根倒在地上，不到傍晚他们就完成了父亲交代的任务。

然而，老汉巴茨跟前一天一样飞到父亲那边说坏话，结果那天晚上兄弟俩回到家之后，父亲告诉他们明天又要多砍一倍的

树木。

第三天、第四天都是这样，一天比一天多一倍，最后两兄弟回家的时候连拿起小木棍或者一根草叶的力气都没有了。然而老汉巴茨跟以前一样又说他们偷懒，所以他们的父亲还是叫他们明天多砍一倍。

到了第五天，兄弟俩觉得实在干不完，看着幽深的森林，想想父亲叫他们完成的任务，心中充满绝望。他们走出家门的时候第一次觉得太阳落山之前根本完不成任务。不过这么一来老汉巴茨就高兴了。然而那天发生了奇怪的事情，森林里的鸟儿个个沉默不语，甚至连蟋蟀、蚊子和蜜蜂都一言不发。兄弟俩心情沉重，小动物也一样提不起兴致。

这时候鬣蜥蜴朝他们走过来。这只上了年纪的鬣蜥蜴无所不知，是森林里的百事通。听了兄弟俩的故事，他笑了笑。鬣蜥蜴知道鸟儿最能保守秘密，所以他确认周围除了鸟儿之外没有其他动物之后，才叫兄弟俩仔细听他讲。

"高兴一点，我给你们说个方法：砍树用的工具上面画上黑白红绿四种颜色的圈圈，在开工之前唱这两句歌：

'做事当力所能及，

这才是正经规矩。'

只要有一颗勇敢的心，就能看到奇迹。"

鬣蜥蜴说完，朝兄弟俩笑了笑，一骨碌爬上树找到视线最好的地方，躺在树干分叉的地方伸了个懒腰，看着他们。鸟儿围成了一个大圈唱起了歌，一首天籁飘到天际。

兄弟俩带上斧头、铁锹、镰刀和锄头，在工具的把手上画上黑白红绿四种颜色的圆圈，然后照鬣蜥蜴教他们的那样唱起歌，声音甜美清澈：

"做事当力所能及，

这才是正经规矩。"

最后几个字刚刚唱完，鸟儿纷纷鸣叫起来，吱喳唧啾的声音宛如一曲动听的大合唱。与此同时，虽然没有人拿起那些伐木工具，但斧头自动前去砍伐树干，镰刀飞起来割断藤蔓，铁锹铲平了泥土，砍下来的树木、灌木和杂草一根根整整齐齐地堆在空地边缘。不到一个小时，他们就把活儿干完了，鬣蜥蜴见了哈哈大笑。森林里的猴子抓住兄弟俩扔出的球，在树与树之间扔来扔去，最后扔出去都可以穿过整个森林。

老汉巴茨见了怒不可遏，乘着风火轮打着急转弯转了三百多圈，远远看去就像一块快下暴雨的黑色的云。他长长的胡须根根竖立，整个人气得直抖。然而他越是疯狂地转圈就越是生气，最后他挥舞着手臂飞上天，动作飞快，身上的衣服都着火了。他要飞到兄弟俩的父亲那边。

"我的儿子们干得怎么样？"父亲问老汉巴茨。

老汉巴茨大吼了一声，说：

"你的儿子们都是懒骨头！

他们嬉戏又歌唱，

大半天都浪费掉。"

父亲听了，答道："明天我就去森林看看你说的是不是真的。要是你在撒谎，那可就别怪我这弓箭不长眼睛。你要知道我从来没有射偏过。不过如果你说的是实话，那我自然会对儿子们不客气。"

老汉巴茨不高兴了。他知道这个父亲是百发百中的神箭手，于是他飞去找猫头鹰商量怎么办。当晚他们在森林里集合了兔子、鹿、老鼠、美洲豹、负鼠等等好些动物，在老鼠、鹿和兔子的带领下，把砍倒的树放回原来的位置，把砍断的藤蔓接回去，把砍倒的灌木扶正，那片土地很快又恢复到以前的模样，就好像兄弟俩从来没来过森林里一样。

第二天早晨，猎人带着两个儿子来森林的时候，看到森林像是没有人动过的样子，兄弟俩大吃一惊。汉巴茨肩膀上站立着猫头鹰，躲在一棵粗壮的橡胶树后咧嘴笑了起来。父亲恼羞成怒，很想把儿子的头砍下来教训一顿，但转念一想，他决定再给兄弟俩一次机会。

"我要求你们做到的，你们并没有做到。"他说，"我再给你们一天一夜的时间，把森林夷为平地。明天早晨我会再过来看你们是不是真的做到了。"说完他就走了。

父亲刚走，兄弟俩就去找鬣蜥蜴问怎么办。鬣蜥蜴说，这是猫头鹰和汉巴茨一起耍的巫术，还按上次说的那样去做就好了。于是兄弟俩又一次在伐木工具上画好图案，唱起歌：

"做事当力所能及，

这才是正经规矩。"

然后，斧头、镰刀、锄头和铁锹跟昨天一样自己上前砍倒了树木，清理了藤蔓，森林又一次变成了空地。完成之后，鬣蜥蜴跟兄弟俩讲述了老汉巴茨的所作所为，教他们怎样布下圈套捉拿他。兄弟俩布置下了三个陷阱，等夜幕降临的时候，汉巴茨和猫头鹰从隐藏在树叶后面黑洞洞的洞穴里往外看，外面正是老鼠、鹿和兔子带领的动物大军，从森林的各个角落里集结而来。

领头的三只动物刚踏上那块空地就中了圈套，一个个都被逮了起来，其他动物见状四下逃窜。兄弟俩冲到圈套旁边仔细查看，看到兔子奋力一跳挣脱了陷阱，但是它那条像猫一样漂亮的尾巴就被陷阱夹断了。而那条马尾巴的鹿也遭遇了类似的事情，跟着兔子一起羞愧地躲进丛林，自此它们的尾巴就变短了。那只老鼠比较聪明，没学兔子和鹿那样挣脱陷阱，但是眼睁睁看着兄弟俩要过来，它使劲儿拉啊拉，尾巴上的毛一根根被扯掉，结果就成了现在我们看到的那种光秃秃的尾巴。

第二天早晨，兄弟俩的父亲，也就是那位百发百中的猎人，来到森林边上看到森林被夷为平地，知道兄弟俩做到了之前的承诺。接着父亲找到汉巴茨想说清楚，汉巴茨慌忙拍打着双臂，因为恐惧迅速飞向天空，身上的衣服都被烧焦了，接着皮肤也被烧得焦黑，最后掉在地上变成了我们今天看到的犰狳。兄弟俩从此在这一块富饶的土地上幸福地生活了很多很多年。

讲完了三条尾巴的故事，再看看老鼠、鹿、兔子和犰狳，信不信由你。

2. 神奇的狗

　　森林深处，枝叶密密麻麻，阳光很难照射下来。这里长着颜色鲜艳明亮的苔藓和灌木，住着喊喊喳喳的鹦鹉，有上千只小猴子在林间细语，还矗立着一座白色的高塔。很久很久以前，这里充满了欢乐与喜悦，人们经常在鲜花丛中载歌载舞；如今藤蔓爬上了门窗，院子里长满了高高的杂草，虽然是一番别样的美丽，却充满了悲伤。

　　在这座白塔建成之前，这里曾经生活着一位备受子民爱戴的国王。他不仅热爱自己的子民，连这一带的一草一木、一花一叶都深怀感情。没人知道他从哪里来；有人说他从海上来，不是乘船带着其他的船员，而是坐着一颗巨大而美丽的海贝，独自一人来到了这里，所以当地人民称他为"海贝国王"。他到民间巡视的时候，总是披着一件松石绿的披风，上面缀满闪着金光的绿色羽毛，腰间别着金色的带子，上面珍贵的宝石闪着奇特的光。他脚上穿着一双金子做的凉鞋，手上拿着一把银子做的矛——带这支矛只是一个象征，因为那时世道太平，并不需要打仗，人人衣食无忧，对未来无所忧虑。男人为自己的美人赢得钻石、祖母绿和红宝石，但也喜爱一滴露珠里那一座彩虹桥。那时的玉米长得特别大，一个男人只能抱得住一根；棉花不仅仅有白色的，还有红色、蓝色、黄色、猩红色、黑色、橙色、紫色和绿色的。

　　这些彩色的棉花正是海贝国王的女儿教人们种植的。她有一头丝绸般、白云一样洁白的头发，她走过的地方飘荡着香甜的气息，是当地人们公认的女神。那时鸟儿和鸣，充满欢乐，歌声似乎永不停歇，连纤弱低垂的苔藓都会点头致意。

公主的故事传遍大地。许多年轻男子只为求得一面，纷纷从远方慕名而来。因为她的仰慕者太多了，所以每周都要留出一天的时间让这些年轻男子来展示力量、宝物或者聪明才智。那一天有些人射箭，有些人抛套索；有些人演唱自己创作的歌曲，有些人吹长笛，这时候连柔软的树枝都会低垂下来仔细聆听；有些人带来宝物献给公主，其中就有用珍奇的宝石切割出的花鸟动物。虽然公主看到这些非常高兴，但还是没有哪个年轻男子能真正打动她的心。

在海贝国王到来之前，这片土地被一个来自摇晃泥浆之地，名叫特拉帕的邪恶女巫所占领。自从海贝国王来了以后，为了让他的子民免受女巫蛊惑，国王设法把她逐出了国土，还建立国境线，派卫兵日夜看守，以防女巫再闯进来。因此，女巫只能白天待在自己的洞穴里，等到没有月亮的晚上，才从洞穴中爬出来，到国境边沿鬼鬼祟祟地活动。

一天，一个衣衫褴褛、名叫马克恩纳赫拉的男人找到国王，国王很高兴地接见了他。如今国王也上了年纪，一直想找一位聪明勇敢的人代替他管理国家。公主一看到这个陌生人，就垂下眼帘告诉国王，她在梦中见过他。国王问怎么回事，公主说在梦里她跟着这位陌生人到处行走，在他的脚边睡着，在他的农田里耕种，还给他做了衣裳。国王听罢很是震惊：女儿竟然做了眼前这个衣衫褴褛的人的仆人。

这片土地容不得游手好闲的人。第二天，国王看着双手空空的马克恩纳赫拉身上没带任何宝物，便定下日期，让马克恩纳赫拉跟其他年轻男子比试高低，结果马克恩纳赫拉完美通过了考验：最棒的弓箭手一箭射中靶心，而他却一箭把那只箭劈成了两半；他的套索功夫也并不差，总是能套中哪怕最小的目标；要论速度，他的对手跑起来像一头小鹿，而他自己却像一阵风，把他的对手远远抛在身后。即便是歌唱比赛，马克恩纳赫拉一旦开口，森林中所有鸟儿也都会围过来；一曲终了，一只巨大的绿咬鹃飞来，黑翅膀、血红胸脯，头上背上都是金光闪闪的绿色羽毛，稳稳站在马克恩纳赫拉的肩头。

等比赛结束，弓箭手、套索手、赛跑人、歌唱家……大家纷纷上前欢迎马克恩纳赫拉。这片土地上没有嫉恨，每个人只想从心底表现出诚意。国王已经老了，身心俱疲，很高兴找到这样一位有能力的年轻人管理他的领土。所以他从高高的王座上走了下来，把饰有千根松石绿羽毛的披风脱下，披上了马克恩纳赫拉的肩头。一切都顺利进行，公主很高兴找到了她的梦中人。两位新人对一切都那么热爱，这一带的人们也一样喜爱、欣赏这一对新人。

女巫特拉帕从蝙蝠那里得知了这一消息。她长着长长的拳曲的指甲，牙齿乌黑，双眼冰冷，最爱邪恶、战争和暴力，听闻老国王已经安排好了新人来执掌这片领土，很是愤怒——她为了东山再起，等了这么久才等到老国王放弃权位，却一下让别人抢了先机。看到人们为马克恩纳赫拉欢呼，她抿起嘴唇、眯缝起了双眼。一天夜里，她去了石头之城罗磊码。那里住着一个力大无比的野人，它成天待在洞穴里，围着一团冒着青烟的木头火堆。特拉帕和野人在洞穴里围着火堆耳语。蝙蝠拍打着翅膀绕着他们飞，白色的蠕虫也蠕动着靠过来一起听，他们在设计如何干掉马克恩纳赫拉。野人的设想是先冲进城里，干掉路上碍事的卫兵，再用长而钝的刺打倒马克恩纳赫拉。但是特拉帕不这么想：她知道马克恩纳赫拉会马上射箭挡住野人的石头阵。特拉帕比野人精明多了，她告诉野人，森林深处，幽深昏暗的地方长着一种奇特的植物，因为周围的植物太过繁密，所以特拉帕一直过不去。

野人刚听到有这种奇特的植物，就站起来三步并作两步冲进森林，路上扫荡了挡路的树，掀翻了巨石，溅起巨大的水花，最后像只猫一样沿着巨石堆砌的陡峭山峰往上爬。野人找到了那株有毒的植物，赶在午夜前带着毒草回到了洞穴。特拉帕接过那棵植物，用一截烂掉的木头生火烘干了它，然后碾碎成粉末，撒在空中，让它随风飘荡到了国王子民生活的地方。无论哪里，只要和粉末接触，人们就会产生憎恨和怀疑，产生嫉妒和贪婪。无论哪种花草，哪怕只沾上一点粉末，就会马上枯萎死亡，每一根玉米都会萎缩，曾经百花绽放的地方，一夜之间就会变成荆棘密布的丛林。当地的气候变了，舒适凉爽的天气一去不复返，白天变得炎热，夜晚变得冰冷。有些人一旦摸到毒草粉末就会变得贪婪，并且还会四处宣扬自己拥有大片大片的土地，妄图赶走在这里生活的人们。这里的人们开始争吵、打斗；老国王也变了，看到领土上的人们性子大变，渐渐听信了谣言，认为这都是马克恩纳赫拉惹的祸。

谣言一传十、十传百，人们纷纷议论，不辨真相。马克恩纳赫拉看到花果凋零，一脸悲伤，但凡他经过的地方，人们纷纷不愿直视他的双眼。渐渐地，流言从言语转变成了行动。终于有一天，一群人拿着棍子和石头攻击马克恩纳赫拉，把他驱逐出境赶到了森林深处。这里除了偶尔能听到遥远的鸟叫，多数时候一如午夜般寂寥。

马克恩纳赫拉满心悲伤。一天又一天过去了，他独自徘徊，没有任何同伴。他捡拾树枝和叶子搭建了一个简陋的棚屋。有一天，一条狗找到了这里。这只狗腿脚疲惫，瘦骨嶙峋，又饿又累，身上满是荆棘划过的伤痕。善良的马克恩纳赫拉立刻把它领进屋，帮它洗澡、安慰它，还把自己的饭分它一半。但那一餐饭要多简陋有多简陋，不过是一把小小的浆果、几滴树胶还有一些树根。

第二天早晨马克恩纳赫拉去小溪洗澡，狗没有跟着他去。他回来的时候被眼前的景象吓了一跳：屋子门前出现了一片农田，里面已经种上了玉米还有好多能吃的植物，不过一小时就全部长好了。当晚他非常高兴，带着狗儿四处散步，对美丽的绿色土地满心感激，感激嗡嗡叫的蜜蜂，感激轻轻摇动叶子的微风，感激这只唯一一个在他身边的活物。

第三天，狗晒着太阳睡着了，他照常去小溪洗澡，但从溪边回来的时候，他发现捡来做屋子的树枝、树叶变成了一个简单、干净而明亮的房子。屋子的四周还开满了花，长满了果子，树上还有小鸟在歌唱，蜂鸟像闪烁的祖母绿宝石，在树叶之间来来回回穿梭着。马克恩纳赫拉心中又一次充满了欢乐和感激。

第四天，他假装要去河边，出发之后却掉转回头，躲在屋后静静观察，结果他看到了神奇的事：狗儿脱掉皮，变成了一个美丽的少女——那是国王的女儿。变身完毕，她马上开始用彩色的棉花为马克恩纳赫拉做衣服。她的动作很快，衣服像花瓣一样从她手中飘落。做好衣服以后，她又急急忙忙用丝草织起吊床。

马克恩纳赫拉没有做声，像往常一样去河边洗澡。他回来的时候狗儿跑着去迎接他，一直拿湿润的鼻头摩擦他的掌心。第五天，他又悄悄地躲了起来，看见狗儿脱掉皮毛以后变成了以前的公主。她走进花园，许多鸟儿便鸣叫起来。马克恩纳赫拉轻快地跑了过去，捡起狗皮扔进火堆，这时狗皮像干树叶一样燃烧起来。公主看到此景激动得放声大叫——魔咒就此解除，马克恩纳赫拉拯救了这个美丽而鲜活的灵魂。

他们手拉着手回到领土，老国王出门迎接。所有人欢呼起来，为马克恩纳赫拉的归来兴奋至极。原来人们把他赶走之后，并没有看到邪恶就此消失，都特别后悔。人们看到公主一同出现也喜极而泣，因为没有人知道公主去了哪儿，只知道某天晚上她一下消失不见了，只看见有一只狗飞快地跑过。这一切肯定是女巫特拉帕对公主施了邪恶的咒语——不过咒语虽然邪恶，却无法打败善良的灵魂，没法永远束缚她，所以公主每天都有一阵子能恢复原形。

城里的人们召开了一场盛大的集会，而马克恩纳赫拉抓到了女巫特拉帕，用银箭头射穿了她的心脏。据说那个住在罗磊码的野人一听说女巫死了，恐惧万分，赶忙跑到摇晃泥浆之地沉了进去，再也没有人见过它。从那以后海贝国王让马克恩纳赫拉当了国王，而马克恩纳赫拉在他搭建小屋、也是他第一次看到狗的地方，用白色的石头建起了一座塔，这座塔直到现在还矗立在奥林诺蔻。

3. 葫芦人

很久以前，在圭亚那有一位母亲，她带着儿子幸福地生活在山脚下湖边的小房子里——这座山、这片湖我们现在依然看得到。

那一带的小伙子中，就属她儿子奥拉最为高大正直，也最为善良和温柔。每天傍晚奥拉钓鱼回家，他就会跟妈妈一起乘凉，欣赏壮观的落日，聆听银色的小瀑布从山上流入湖中。森林中的动物经常到他们房子前面玩耍。活泼的刺豚鼠跟黑色的美洲豹嬉戏；大个的犰狳让银环蛇蜷缩在它的贝壳上休息；美丽的鸟儿在树干枝叶之间穿行，好像跳跃的火焰；巨大的蝴蝶翅膀上闪耀着丝绸般的洁白和翠绿，绕着花朵上下翻飞，展示着自己的美丽——妈妈正是受蝴蝶启发才用丝草编织出了色彩鲜艳美丽的吊床。每当这时，太阳还没完全沉没在紫色的云朵里，成百上千只萤火虫还没有亮灯，森林女王就会放声歌唱：

> "我们来自森林，
> 我们来自山丘，
> 我们自愿而来，
> 奥拉！——只要你开口！"

日子一天天平静而愉快地过去了。有一天奥拉来到湖边，发现渔网破了，裂成了好几块。他把渔网从湖里拉出来，却惊讶地发现网在里面的鱼都被吃掉了。这种事情以前从来没有发生过——无论是在森林里，还是在山丘上，奥拉都没有遇过敌人。他手里拿着破了的渔网，站在湖边怎么都想不通，突然听到身后有人说：

　　　　"我们来自森林，
　　　　我们来自山丘，
　　　　我们自愿而来，
　　　　奥拉！——只要你开口！"

　　环顾四周，奥拉看到一只啄木鸟，它双眼明亮如豆，正盯着他看，于是他告诉啄木鸟，好好盯着这一带。奥拉在湖中拉开了一只新的渔网，然后去森林里摘野果。他还没走多远，就听见啄木鸟叫："来了，来了！"奥拉像小鹿一样冲到湖边，可还是有点儿晚了：第二只渔网也破了，比第一只烂得还要彻底，刚网住的鱼都不见了。

　　接着奥拉又张起了一只新网，这次他叫布谷鸟趁他摘果子的时候帮他看着。很快他听到布谷叫"布谷！布谷！"，奥拉又马不停蹄地跑到湖边。这次他看到水里好像有什么东西靠近了他的网——那是一头沼泽鳄，扁扁的头上尽是泥巴，双眼沉重呆滞。奥拉迅如闪电，拉开弓一箭射中鳄鱼的两眼之间，过了一会儿鳄鱼便消失在水中。

　　奥拉补好被鳄鱼咬破的网眼，又走进丛林摘果子去了。不一会儿他又听到布谷鸟在叫，比上次响得多。奥拉风一样地跑到湖边，边跑边拉开弓准备射箭，然而他跑到湖边却看到一个美丽的印第安女孩站在那里，她穿着银色长袍悲伤地啜泣。看到她，奥拉心中充满了怜悯——他受不了别人难过而只有他自己快乐。他温柔地牵起她的手，问她叫什么。

　　"阿奴·阿娜伊图。"她说着冲他笑了笑，脸上还挂着泪珠，就好像雨后的太阳。

"那你家在哪？"奥拉又问。

"我家在很远很远的地方，那里住着巨大的猫头鹰。"她一边回答，一边指着黑森林的方向。

"你的爸爸呢？"奥拉问道，这时他看到湖面出现了一圈圈水花，还以为是鳄鱼的鼻子。

女孩没有回答，转而捂着脸低下了头，秀发像丝线一样滑过肩头。

奥拉看她这么难过就没再说话，只是把她带回了家。妈妈热情地接待了她，三个人一起幸福地生活了几个月，但是阿娜伊图一想到爸爸就会哭得特别伤心。

天长日久，奥拉向女孩求婚。奥拉说，如果她答应做他的妻子，他们可以一起回她的故乡跟父老乡亲道别，告诉他们她的新家在一处和平光明的地方，那里有深爱她的人。阿娜伊图听罢，害怕地哭了起来。她跟奥拉说，回家路上会遇到巨大的蝙蝠、灰色的长毛蜘蛛、千足虫，还有各种各样可怕的东西。

"那就让我自己去吧，你跟妈妈待在一起。"奥拉看到她这么害怕就安慰她，"我会找到你的父亲，跟他好好说，你住在这里很幸福。"

"这样更不行啊，"少女哭着说，"爸爸被我们那边的恶鬼附身，见到你肯定会找到这里，然后会把你、我和你妈妈都撕成碎片的！"

奥拉很是疑惑，于是去找住在湖尽头的隐士询问。隐士年老而睿智，得知奥拉的麻烦和恐惧之后，经过深思熟虑，他告诉奥拉不要害怕，这一路上要把自己当成一个真正的男人，战胜恐惧，才能平安度过这一切。他还说："如果有人让你选择什么东西，你要选择最简单的那个。"

然后智者就没有再说其他的了。奥拉回到家以后，独自准备好独木舟，劝慰阿娜伊图跟他一起马上出发。

阿娜伊图说得不错，这一路上真是充满了艰难险阻。多数时候，他们都在黑暗的森林中穿行，河岸很高，岸边树木黑色的根茎像毒蛇一样伸展、扭曲。他们划过的沼泽里，有睡着的鳄鱼、还藏着头像房子一样大的黄色野兽。有时候一连几个小时他们都在错综复杂的森林中穿行，这里晒不到阳光，却经常能听到森林深处古怪的叫声，叫声大得连树都要颤抖不已。

经过很长时间的艰难跋涉，他们终于来到一片平坦开阔的沙地。少女告诉奥拉，他们已经来到了她父亲的地盘。

"我只能离开你了，"她说，"但我妈妈会过来给你三种东西让你选一种。亲爱的奥拉，全靠你了，你一定要做出明智的选择。"她挥挥手跟奥拉道别，沿着岸边溯游而上，渐渐从他的视野中消失了。

不久以后，从上游走来一位满脸皱纹的妇人，她的眼中充满了悲伤。她拿了三只葫芦，依次放在独木舟一边。一个葫芦顶上有金色的盖子，一个是银色的盖子，剩下的那个是黏土做的盖子。奥拉提起盖子，看到第一个葫芦里装着鲜血，第二个葫芦里装着肉，第三个葫芦里装着木薯面包。奥拉牢记着老隐士的话，很快选择了那个装着面包的葫芦。

"做得好。"老妇人说道，"这片土地上人们只相信金子，不少人为它付出了鲜血的代价。聪明的人们能做出最好的选择，最好的选择就是黏土瓶。你已经选了这个瓶子，那我就带你去见我丈夫吧。他的名字叫卡伊口技。不过，他在我们那一带以残暴横行出名，可能会把你撕成碎片。"

奥拉想都没想便接受了老妇人提出的要求。接着，她带他走到河岸最高处。奥拉又看到了他的美人阿娜伊图——她的母亲把她藏在森林深处靠近房子的地方。而奥拉他们正要去见卡伊口技，然后再一起去找阿娜伊图。卡伊口技听说深爱他女儿的年轻人走近了，突然一阵暴怒。他冲出门，视树木为野草，连根拔起，咬碎石头像嚼碎面包屑那样轻松。

奥拉朝卡伊口技住的地方跑过去的时候，奇怪的事情发生了：粗壮的树枝根根断掉，落在了地上；石头从地上跳了起来，嗖嗖地朝他的耳朵边飞来，好像有无形的手操纵着这些一样。奥拉三步并作两步冲进了大厅，然而卡伊口技并不在这里；奥拉环视四周，看到一个老男人冲了过来。那个老男人中了邪，骨头和牙齿用线绳系在胳膊和腿上，头上扣着一只涂成绿色的葫芦，正前方眼睛的位置挖了两个洞。卡伊口技静静站了一会儿，然后大吼一声跳了起来，上下挥舞着胳膊，牙齿和浑身上下的骨头嘎嘎作响。男人那一声大吼实在太可怕了，奥拉听了很难受。卡伊口技跳完了之后便转过头，拿葫芦上的两个洞盯着奥拉。

"你能干啥？"他大吼起来，"你说说你能干啥？能弄弯树？能嚼碎石头？能这么跳？"他一边说一边跳上跳下，每次都比前一次跳得高，高到头上的葫芦撞上了房顶。

等他安静下来，奥拉说道：

"我跳不了你那么高。我没法把树弄弯，也没法像你一样嚼碎石头。但我有一双手，能做出你想要的任何东西。"

听罢，卡伊口技咆哮着大跳三下，愤怒地晃动着骨头和牙齿，咯咯作响。

"那给我做个神奇的木凳子，"他吼起来，"一头刻上美洲豹，另一头刻上我的头。要是天亮之前能做好就饶你一命。"他大吼一声旋风般地从大厅中冲了出去。

奥拉知道这个任务很难完成。当初还在自己家的时候，他一心想赢得这次旅行的成功；但没见过卡伊口技长什么样，他真的不知道该如何完成这个任务。奥拉掏出小刀，挑了一块木头就开始刻起来。他很有干劲，午夜前就完成了美洲豹那一头，只是卡伊口技那一头还没开工。奥拉转而求助让他挑葫芦的老妇人，恳请她描述一下卡伊口技的相貌。可是老妇人不敢，因为如果告诉了奥拉，着了魔的卡伊口技就会知道这件事，最后会把他们俩都杀掉。一个小时过去了，木头还是原样，但奥拉仍旧没有放弃。这时那个温柔的少女过来了，她带着奥拉去老男人休息睡觉的角落，那个房间另一个角落里挂着一张吊床。奥拉悄悄爬进去，想着要是不弄出声响、不被他发现的话，可能他头上的葫芦会掉下来，这样就能看到他长什么样了。然而看了半天，葫芦都不像要掉下来的样子，奥拉感到越来越疲惫。

这时角落里传来一个小声音，对着奥拉说：

> "我们来自森林，
> 我们来自山丘，
> 我们自愿而来，
> 奥拉！——只要你开口！"

奥拉环顾四周，看到一只老鼠。看到老鼠跑到熟睡的卡伊口技旁边，开始摩擦他的手掌，奥拉一下子高兴起来。有那么一会儿卡伊口技都被烦得快要摘掉葫芦的时候，那只老鼠一没留神被他抓住扔到了角落里。

奥拉又听到了那股细小的声音。这次他看到一只从天花板上沿着蛛丝滑下来的蜘蛛，它一边滑一边说：

> "我们来自森林，
> 我们来自山丘，
> 我们自愿而来，
> 奥拉！——只要你开口！"

蜘蛛爬到卡伊口技的脸上。但这招也不好使，卡伊口技一上手就捉住了蜘蛛，跟老鼠一样扔掉了。

卡伊口技刚睡着，屋子里就来了成百上千只蚂蚁。这时带头的蚁后轻声唱：

　　"我们来自森林，
　　我们来自山丘，
　　我们自愿而来，
　　奥拉！——只要你开口！"

　　蚂蚁像小小的士兵一样爬上卡伊口技的身体，手上、身上、腿上到处都是。一百只蚂蚁爬进葫芦，卡伊口技再也受不了，一下子跳了起来，抓住葫芦往地上扔，赶紧擦脸把蚂蚁赶走。葫芦摔到墙上成了碎片，后半夜卡伊口技就没戴葫芦睡觉。

　　奥拉还是好好躲着，但很快记住了他那张丑陋的脸。奥拉还注意到他双眼之间有一处被箭头射伤的痕迹，突然一下子就明白了，卡伊口技就是那只湖里被他射中的鳄鱼。奥拉等老男人沉沉睡去后才悄悄爬出来继续雕刻，凭着坚强的信念，赶在日出之前在凳子另一头刻好了卡伊口技那张脸。更奇妙的是，他雕刻得惟妙惟肖，谁见了都会立马认出那是可怕的卡伊口技。老男人看到木头凳子，注意到奥拉还刻出了他双眼之间那一处箭伤，恼羞成怒。现在他头上没有葫芦挡着，便跳得更高了。最后他宣布，这项任务太轻松了，必须再来一个。

　　"日落之前，给我拿羽毛造一座房子，但是不能用森林里面鸟的羽毛，它们的羽毛你碰都别想碰。"接着他下了严厉的命令，任何人都不能接近奥拉所处的森林一带。说完，他上下跳了几次，大吼几声，又跑了。

　　等周围都安静下来，奥拉抬起头，唱道：

"你们来自森林，

你们来自山丘，

求你们快来吧，

我就在这里守候。"

森林里马上涌起一阵骚动，鸟儿从四面八方飞来：海边的、森林里的、河边的、湖边的……各种各样的鸟儿，有的飞过来，有的跑过来，有的涉水而来。有浅褐色的鸟儿，也有色彩绚丽比彩虹还要美丽的鸟儿。蜂鸟云集，像碎金一样闪烁，还有一群骄傲的鸵鸟。欧石鸡从天上唱着歌飞来，血红色的火烈鸟跟胸前一片金色的鹲鹊竞相赛跑。有些鸟鸣叫不停，有些鸟儿沉默不语，有些鸟儿的声音像金色的铃铛那样清脆动听。还有鹳、鹰、秃鹫、神鹰、天鹅、田鸠、反舌鸟……各种鸟儿都来了。

它们忙前忙后，还没到一个小时就用喙灵巧地编织出了世上最美的羽毛屋，人眼见所未见。阳光下，羽毛屋变幻着金绿色、紫色、褐色、白色、猩红色等各色光芒。等田鸠编好最后一根羽毛，群鸟齐飞，它们拍打翅膀的声音震天响。等一切恢复平静，奥拉感觉好似一切都发生在眨眼之间。

太阳的金光刚洒上大地，卡伊口技呱哮着跳了过来。他一看到羽毛屋，顿时目瞪口呆，气愤到了极点，但他的舌头被太阳灼伤，一句话都说不出来，眼前壮观的景象让他看瞎了眼。他大叫一声，转头跳进森林深处，从此不见了踪影。有人说他掉进泥沼湖里被活活淹死了。

奥拉和阿娜伊图住进了羽毛屋。从此，这片土地上的人们告别了残暴统治的黑暗时光，人与人之间更加和气友善，同时也知道了，比金子更能散发光辉的东西，还有很多很多。

4. 勇士拿哈

　　往南边一直走，在靠近合恩角的地方，有一片群岛。这里位于天涯海角，风声尖厉冰冷，铅灰色的天空上大块的乌云翻来滚去。群山白雪覆盖，河水带着冰块从山边流下，沿途冲碎石块，冰块和石块掉落进海里的声音像阵阵雷声。这一带遍布阴森、湿冷的山谷，灰黑色的海也都是冰冷的，哪里都能听到成千上万只海鸟凄厉的叫声。偶尔在高大嶙峋的山头能看到信天翁扫过，它们有时会低低地徘徊，掠过山石上成群的企鹅。山间有时回荡着海象低沉的轰鸣和海狮的吠声。这一带人很少，只有一些靠捕鱼为生的印第安人，他们生活在这一片冰冷的天地之间，只能围坐在独木舟里划桨，无视呼啸的风，任凭大雪飘落在他们赤裸的皮肤上。

　　我在这里遇见一个流落在小岛上的男孩。那个岛很小，并不比普通操场大多少。他在这里待了好几个月，依靠海贝和蚌类过活，那些吃剩下的蚌壳已经垒成了一个棚子，而他就在这个棚子里面睡觉。我们相互认识了之后，我仔细问过他的身世，可仍旧不明白他是怎么来到这个地方的。我猜他大约有十来岁，开朗又聪明，记忆力很棒，很快就能掌握新的词汇和事物。在我们一起待过的三个月里，我发现他能迅速用破瓶子做出箭头，但除此之外他就什么都不会做了。我往绳子上打一个结就能让他迷惑好一段时间，皮带扣对他来说简直是无解之谜。对此我十分惊讶。

一天早晨我们看到很多海豹，于是他想跟我讲海豹的故事。起初我手上正在忙着别的事情，必须集中注意力，所以并没有留意他说的是什么。过了一会儿我才明白他很想跟我讲完这样一个长长的海豹的故事。我担心会因为专心做手上的事情而错过故事细节，所以让他讲了三四遍才把各个部分连接起来，拼成完整的故事给大家看。

我以英雄的名字命名了这个故事，用自己的语言把故事记录了下来。因为如果原原本本照他讲故事的方式，故事就会变成这样：

"好几天，一个好天里，在水底一个男人走路。吃人我父亲的父亲，人们大声哭。"在这种颠三倒四的叙述之外还有各种手势、舞蹈……这些我都一一转化成了下面这些文字。

多年以前，这里的人们只能靠天吃饭。他们住在海底，身上有很多毛发，没有鼻孔。不过确切地说岸上也住着人，他们乘独木舟出海捕鱼的时候往海底看，就会看到海底的人们在泥沙上走着，在发绿的光中像晃动的影子一般朦胧。长期以来，岸上的人们都与海底人相安无事。

然而有几次，海底人成群结队冲上水面，与岸上的人们打了起来，还将他们拖下了水。因为海底人在水中走起来比风还快，人数众多，所以岸上的人们毫无反抗之力，也无可脱逃，大都被淹死在了海底。打架的时候，海底人一边发出震耳欲聋的轰鸣声，一边围着独木舟形成了一个大圈，随着海浪逼近，海岸逐渐靠近小船，把呆若木鸡的人们拖进灰绿色的水中。侥幸逃脱的人们往水下看，就能看到水底的人们拖着岸上下来的人，来到一群巨石面前，用皮绳把他们捆到石头上。

一天，海底人抓住了拿哈。拿哈是一位年轻力壮、动作像风一般迅速的勇士，身上的肌肉像树枝一样坚韧，面对危险也一笑置之。当五个海底人前来袭击时，拿哈赤手空拳扭断了三个人的脖子，扔进了海底，吓得剩下的海底人蹒跚后退。三个死人迅速沉进海底，鲜血从口中涌出，在水里洇成了一朵粉红的云。然而不一会儿海水又一次躁动起来，海底人脸上写满了愤怒，就像东南风吹倒森林那样，纷纷从水里冲上海面。这时拿哈依然冷静地站在自己的小独木舟里，嘴角依旧保持着笑意。海底人鬼鬼祟祟朝他爬了过去，刚开始没有人敢上前袭击，过了一阵子响起一阵巨大的噪声，人群喧闹了起来，所有的人都朝拿哈的独木舟冲去，以人海战术掀翻了船，拿哈瞬间被淹没在浑身毛发的生物之中。据目睹了这一战的人们说，那时突然涌起的海水震耳欲聋，像一声雷响盖过了这一带混战。拿哈奋力跟黑头发海底人战斗，脸上保持着那一丝轻蔑的微笑……勇士拿哈是最后一个被海水淹没的。

整个过程像一场梦。有的人看到海底巨石之间，海底人层层包围着拿哈；有人看到海底人跃过不敢接近他的同类，上前扭打；有人看到海底人爬过海底沙，带着绳子想捆住拿哈，许多海底人在拍打海岸的层层浪花之间陷入战争。那一天，海岸被鲜血染红，没人知道战斗是如何结束的。日光退去，云在昏暗的水中慢慢变深，最后迅速消退。

那天晚上，岸上的人们为勇士拿哈垂泪。他们的拿哈，手里的矛挥舞起来就像闪电，划起独木舟就像褐色的海燕在海浪中穿行。人们讲起他英勇的故事，说他从来不向恶势力屈服；在那个最黑暗的夜晚，他在暴风雨来临之前开船出海，不顾海洋凶险出海追捕巨鲸，把巨鲸成功猎杀到手，让他的同伴免于饥饿。

但是，在清晨海鸥鸣叫声中，拿哈又一次回到他们中间。他从海里走出来，面容坚定而刚毅。他什么也没说，吃了些东西、又想了一阵子之后才开口说话。

他讲了与海底人搏斗之后的奇遇。那一场战斗中，他打死了许多海底人，沙滩上遍布尸体。这时他已经筋疲力尽了，但还是杀出一条血路冲了出来，来到了洞穴的一堵门前。推开门进去以后，拿哈发现这个洞穴非常大，一眼望不到头。他从来没见过这样高不见顶的屋顶，顶上闪烁着冰冷、翠绿的奇异光芒；脚下是金银细砂，长着雪白的石块，还有许多各种颜色的鱼游曳在其中，海草随着水波柔和地摇摆着。

走着走着，拿哈遇到了一位女子。她坐在白色的椅子上，头微微倾斜，皮肤光滑雪白，金色的头发在水中像云一般漂浮着。拿哈应女子的请求，向她讲述了刚刚发生的那场战斗，讲述了陆地人因为海底人进犯而饱受摧残。

女子耐心听着。她一手托腮，大大的眼睛里充满了悲伤。拿哈刚一讲完，她便告诉他，要想让陆地人永远摆脱海底人的进犯，只有一种办法：就是利用"白色死亡"。她给了拿哈一颗巨大的海贝，并且告诉他只要吹响这颗海贝，七星之下的极寒会得以释放，"白色死亡"就会爆发，海底人就会被赶回他们以前住的地方。女子说完，从椅子上起身，握住拿哈的手，久久凝视着他。

"拿哈，海底人人多势众，不明事理。释放白色死亡之声的那个人，他自己必须在海面挨冻至死。我特意告知与你，就是怕你的恒心让你失望。"

拿哈自己的故事讲到这里就结束了。他并没有告诉大家他怎么回到陆地，却给大伙儿看了那颗巨大的海贝，说他不惜让自己长眠，也要让陆地人获得永远的自由。听到这些以后，人们纷纷叫嚷起来，不想让这位自告奋勇的勇士吹响海贝，想让他继续做这一带的领袖。然而拿哈拒绝了。他说，海底女子告诉他，在他吹响海贝之前，所有陆地人必须带起家当，去远方、去太阳底下躲着；如果还待在这里就没命了，因为他们也会被白色死亡的威力冻结成冰。

人们各执一词——因为许多人并不愿意离开故土。但拿哈还是做了主，指挥他们带上家当、乘着独木舟驶离了这一带，往太阳底下的国度驶去。等他们走了，这里只剩下了拿哈一个人。

拿哈在这片土地上仔细寻找，看还有谁错过了大队留在这里，最后他确定大家都已经安全撤离。这时海鸥、信天翁，还有褐色风暴鸟都看到浑身是毛的海底人又一次从海底冲出来了。此时天空一片黑暗和死寂，大雪纷飞，海水结冰。第二天，太阳闪耀在一片冰晶之上，拿哈拿出海贝，贴近嘴唇，吹响了最后一声，唤醒了七星之下的极寒。

世界顿时噤声，一切生物归为沉寂，四下都是古怪的寂静，只剩下想要冲上陆地追赶陆地人的海底人。树木一棵棵都伸出了棱角，最初变黑，然后变成了鬼一样的白色。凌厉的鬼风怒吼咆哮，碾碎了一切挡住它去路的东西；海里的冰块上下浮游，封锁了大地，山丘上全是白色的高墙。

看到这幅景象，海底人以为自己就此能称霸这一带陆地了，只顾着高兴；然而不久他们就开始惧怕这个晶亮雪白的世界、灰暗阴沉的云朵，还有不断变厚的冰块。他们想退回海里，可是那里已经没有了海，只有厚厚的冰块在海面绵延，上面还覆盖了白雪。耳边是呼啸的风，丝毫没有海底的宁静，只有茫茫白色大地死寂的沉默。海底人躲进石头下的洞穴相互取暖，但并没有什么用，深入骨髓的冷让他们不停地打颤。他们越贴越近，夹紧胳膊，收起双腿，缩成小小一坨。就这样，他们再也不像在海底那样有人的形态，天地一片寒冷之中，他们变成了海豹。

当这一切发生的时候，拿哈仍旧英勇地站在那里，并不畏惧即将到来的死亡。直到大寒过去、族人回到故土，拿哈才躺下死掉——他睁大双眼，确保看到海底人无能为力、不再进犯陆地方才能长眠。如果海底人胆敢再犯——勇者拿哈还会吹响号角，用恐怖的白色死亡来惩治他们。

5.魔法球

　　深山里住着一个冷眼女巫，每年下第一场雪的时候，她都因为阴冷的天气即将来临而高兴。这时她往往会站在一块石头上，一边朝大风大叫一边摩拳擦掌。她最喜欢看到冬天的月亮，听到冷风呼啸而过，看着树枝上皑皑白雪，山谷和郊外由绿色变成白色，江河湖海全都上冻发黑。冬天是女巫打猎、进食的季节，所以她看到铅灰的云、呼啸的风就欣喜若狂。到了夏天她只能一边睡觉一边等，密切观察着周遭的变化，等天刚冷起来就准备扑食冻僵的动物——赶在它们往温暖的低地迁徙之前。

　　女巫满脸皱纹，目光犀利，两片薄薄的嘴唇，手像树根一样，皮肤粗糙得连小刀或者箭头都无法刺穿。生活在乡下和住在海边的人们都非常憎恶她，因为她能施展魔力，凭借一只魔法球就能神不知鬼不觉地把小孩子一个个骗到身边：这个亮晶晶的魔法球色彩缤纷，人见人爱；孩子们喜欢去哪儿，女巫就把魔法球放在哪儿，但大人不论男女都看不到。

　　一天，一对兄妹来到奥莱塔湖边一个小山丘下，看见了那个晶晶亮的魔法球。妹妹娜塔莉亚看到明亮又美丽的魔法球，高兴极了，跑过去想捡起来抱回家。然而她刚要碰到魔法球，球就滚远了。娜塔莉亚十分惊讶，却依然不放弃，又朝着球跑了过去；可她刚想抓到球，球就又滚远了一点。就这样，每次都是差点就要抓到的时候，魔法球又像蓟花毛毛一样飘走了。娜塔莉亚跟着球越跑越远，有时手都要碰到了也一样抓不到。哥哥路易害怕妹妹跑远就紧紧跟着她。然而奇怪的是，球停下来的地方，不是有一方清澈的泉水，就是在挂着许多浆果的灌木丛旁边，两个孩子总能吃点东西喝点水休息一下；更奇怪的是，娜塔莉亚从来没觉得累，蹦蹦跳跳的魔法球无论滚多远，她总能追得上。此外，两个孩子谁都没发现时间很快就过去了：感觉几个小时的光景实际已经过了几天；而平日里的一个晚上现在感觉只是飘过了一片云。

一路追着魔法球，娜塔莉亚和路易来到一处山谷。阴森黑暗的山谷里，总是飘着铅灰色的云，奇科河从山丘之间流过，两岸到处散落着碎裂的石块，还有好多积雪，刚来不久天空中便飘起了大片大片的雪花。孩子们被眼前的景色吓坏了，一路上晃悠悠地跟着魔法球，现在根本不知道这是哪儿。

现在魔法球滚得慢了一点，但孩子们还能跟得上。这里的空气愈发凛冽，阳光越来越弱。最后小球滚着滚着，碰到一块石头停了下来，孩子们特别高兴。娜塔莉亚捡起漂亮的球看着，拿着它打量了一小会儿：她刚想张口说句话，小球就像肥皂泡一样破了，弄得她很是伤心。路易看见妹妹不高兴的样子，赶忙拉起她的手想安慰她，结果发现她双手冰凉。路易急忙带着妹妹到石头北面暖和的地方躲起来，那里有一条像大腿之间细缝一样的裂缝，缝里长着苔藓，没什么风。娜塔莉亚蜷起身子，不一会儿就睡着了。路易想等妹妹休息一下就开始找回家的路，于是坐下给妹妹放哨。但没过一会儿他也困得眼睛都睁不开，心里也难受起来。为了竭尽全力保持清醒，他用手指使劲地撑着眼皮，盯着阳光照耀的山头看了一遍又一遍。即便这样，路易也抵挡不住困意，他听着身旁缓缓摇晃的松树、枝叶窸窸窣窣，听着山那边传来一阵似有似无的低语，路易很快也睡着了。

娜塔莉亚待在背风的缝隙里睡着了。她迷迷糊糊梦见自己回到了家，妈妈一边帮她梳着头还一边唱着歌。她一点儿都不觉得饿、也不觉得累，刚才眼前光秃秃的黑色石块还有白雪覆盖的山峰也消失了。她只看到家里温暖的

火光在墙上跳跃，爸爸在旁边修理着马具，古铜色的脸庞被火光映得发红；哥哥头发乌黑，嘴唇像樱桃一样红。渐渐地，她感觉妈妈梳头发梳得越来越疼，像使劲拽着她的头发似的，疼得她一下子醒了过来。吹着来自山顶的刺骨寒风，她感觉快被冻僵了，这时她才猛然明白自己在哪儿。更糟糕的是，眼前就站着山里住的那个老巫婆。她关节粗大，食指指着群山，手上和脚上的指甲像鸟类的爪子一样。

　　娜塔莉亚感觉心里好像压着一块特别重的石头，怎么站都站不起来。原来巫婆趁她睡觉的时候，一边拉扯着她的头发，一边念着咒语，女孩的头发就慢慢长进了石头里面，她现在连扭头都扭不了了，只能向前伸几下胳膊。看到路易就在不远处，她着急地喊着他的名字。但是，路易只是张开双臂站着，好像在黑暗中摸一堵墙那样，只能胡乱拿双手摸索。看到哥哥变成了那个样子，娜塔莉亚哭了起来，她哪里会知道巫婆下了咒语，在他俩之间竖起了一道透明的墙，就是哥哥再努力也过不来。但路易能听到巫婆尖利而嘶哑的歌声：

　　　　"山谷到处碎石块，
　　　　山谷风声似呜咽！
　　　　凡人啊，凡人！
　　　　快来！

　　　　山谷冰凉又洁白，
　　　　山谷里只有冬夜！
　　　　孩子啊，孩子！
　　　　快来！

箭头一般长又直，

　　这里冰冷又黑暗。

　　凡人的孩子！

　　快来！"

　　唱完这几句，她不唱了，举起树根一样的手指站着。不远处传来一只巨大猫头鹰的叫声，接着歌词说：

　　"黑暗之事，无名之物，

　　拯救我们逃离日光和火焰。"

　　顿时四周只剩下星光。猫头鹰不再说话，山头闪现了一丝光芒，那是一轮苍白的月亮。一阵雷声传来，女巫融入黑色的石块，猫头鹰沉重地挥起翅膀。

　　"哥哥，"女孩悄声说，"你听到猫头鹰唱了什么吗？"

　　"妹妹，我听到了。"

　　"哥哥，快过来吧，我害怕！"娜塔莉亚说着说着就想哭了。

　　"妹妹，我也很想过去，可是我过不去啊。好像有什么东西堵在我们俩之间。我看得见你，但是没法穿过去。"

　　"哥哥，你能爬过来吗？"

　　"我爬不过去……我试着爬上去，但是这堵墙会越长越高。"

　　"那就没法到石头那一边了吗，哥哥？我又冷又怕，这边只有我一个人……"

　　"妹妹，这一带我都看过，没有什么好办法，翻也翻不过去，爬也爬不出去。但是我会待在这里一直陪着你，别怕。"

　　娜塔莉亚听罢，捂着脸轻声地哭了起来，路易看到从她脸颊上流下的眼泪马上变成了小冰块，很是心痛。这时娜塔莉亚一边小声啜泣，一边说：

　　"哥哥，你听见猫头鹰的话了吗？"

"听到了。"

"能听出什么意思吗？"

"有什么意思？"

"听我说，"娜塔莉亚说，"刚才它说过：拯救我们逃离日光和火焰。"

"我也听见了，娜塔莉亚。这什么意思呢？"

"哥哥，我觉得它是在告诉我俩，这个可怕的山谷里所有的东西都怕火。哥哥，快走吧，先别管我，找到火以后就赶快回来。你走太久了我会感觉孤单害怕的……所以快去快回啊！"

路易听到这话非常伤心，因为他并不想把妹妹独自一人留在这里，但妹妹还在催他："快去！哥哥你快去啊！"

哥哥还在犹豫不决的时候，一只秃鹫俯冲下来，掠过他身旁的石头，低语着："火能征服霜冻和死亡。"

"哥哥你听，"娜塔莉亚说，"赶快去找火把，天黑之前快快回来。"

路易不敢再耽搁，跟妹妹挥手致意之后便从山谷出发，跟着低空盘旋的秃鹫飞奔了出去。路易知道秃鹫会带他去找火把，他跑着跑着来到了一条河的旁边，这里是水流交汇形成的一块湿地。

在山丘温暖的一侧，有一所用泥土和石块堆积而成的房子，看上去非常简陋，周围并没有人。眼见着秃鹫飞高了，开始在上空盘旋直到变成了一个小黑点，路易才明白要在这里待一会儿，看看会发生什么事。于是他推开房门：一片烟雾之中，他看到壁炉似乎有人打理过，火红的余烬堆得整整齐齐，火烧得很旺。路易觉得房子的主人一会儿就会回来，于是就走出房子打了点水回来，还捡了许多木柴，整整齐齐地堆在火堆旁边。他吹了吹余烬，添上几根小树枝和棍子，火烧得更旺了。他还用树枝做了一把扫帚，把屋子打扫得干干净净。

路易并没有留意屋子主人什么时候进来的；等他回过神来，老人已经好好地坐在凳子上了。他环顾四周，什么也没说，只是点了点头，给路易拿了面包和巴拉圭茶吃。路易吃着吃着，老人突然说话了：

"白女巫很是邪恶。要打败她，只有一个办法。孩子你说说，这个办法是什么？"

路易想起秃鹫的话，于是说："火能征服霜冻和死亡。"

"没错，"老人缓慢地说，一边点点头，"你妹妹在她手里。我们的朋友秃鹫飞过来了。它看得远、知道得多。"

"她越来越冷，呼吸微弱，

火能征服霜冻和死亡。"

刚说完，秃鹫又尖利地叫了几声。

秃鹫还没消失，一只火鸡跌跌撞撞地跑了出来。老人递给它一块燃烧的木头，重复了一遍秃鹫说过的话。

火鸡叼着木头飞快地跑了出去，路易和老人就这样看着它笔直地穿过了灌木丛和沼泽地。火鸡很快来到一片浅浅的咸水湖前，却没有停下脚步。它飞快掠过水面，水花飞溅到了湖的两岸。火鸡高高举起那根火把，可惜举得还是不够高，火把一下就被水花扑灭了。秃鹫看到这一幕，马上飞回小屋，冲老人脚下扔下那根黑色的木棍。

"再给我一根吧。女孩子已经冷得发抖了。"火鸡说，"下次我绕着湖边走。"

"不行，不行。"老人说，"你要知道一旦水精灵吻了火王，火王就会死去。为了让你记住这条，从今以后你的羽毛都要沾着水。"

秃鹫又一次俯冲下来，它身后不远处就跟着一只鹅，飞得特别笨重。秃鹫跟以前一样唱了起来：

"她越来越冷，呼吸微弱，

火能征服霜冻和死亡。"

纽伯瑞儿童文学奖获奖作品精选

唱完就又一次飞了回去。

老人给了鹅一只明亮燃烧的木棍，这只勇敢的鸟儿即刻出发，径直飞向女巫所在的山头。它飞过湿地、飞过盐水湖。这时火快烧到它的喙了，所以它马上落在了一个小山头上，把火把丢进积雪里休息了一会儿，然后又叼起了火把。看见一下子被烧焦的木棍，鹅非常伤心，只好衔着木棍飞回屋，恳请老人再给它一次机会。

"不行不行，"老人说，"银色雪花女王之吻对于火王来说是致命的，这次你可要记好了。为了让你长记性，从今往后你的羽毛必须变成煤灰那样的颜色。啊，秃鹫回来了，我们听听它怎么说。"

鹅又飞走了，它的羽毛变成了烟灰色。秃鹫低空盘旋着，唱道：

"女孩呼吸越来越弱，

到了晚上会被冻死。"

它刚唱完就像箭一样飞走了。

秃鹫刚飞走，长腿长喙的火烈鸟就飞了过来。

"你的喙这么长，"老人说，"倒是飞得快。我这小木棍比较短，你要赶紧。"

火烈鸟立刻衔上火把的另一端，径直朝着女巫山的方向飞去。路易下决心跟着火烈鸟，像一头小鹿一样跑了出去。一只鸵鸟看见他，拍着风帆一样的翅膀在他旁边跟着一起跑。路易双手放在鸵鸟背上骑着它，速度更快了，跟箭一样快。火焰烧到了火烈鸟的脖子，又烧到了火烈鸟的前胸，它周身发红。可是它不在乎，也并没有停下来。它径直飞进山谷，飞到困着娜塔莉亚的那块石头旁边，朝石头南面一团干燥的苔藓上扔下了那把火。火焰冲天，石头带着一声奇特的巨响迸裂成了碎片，女巫的魔力就这样被打破了。娜塔莉亚一下子恢复了活力，她温柔冰冷的手拍了拍火烈鸟的前胸，瞬间愈合了它烧伤的伤口，但那一片火红就此留了下来，直到今天都能看到这一个彰显

38

它勇气的标志。

　　从此以后，娜塔莉亚和路易在山谷里生活了很多年，各种各样的鸟儿和他们的子孙后代一同玩耍，邪恶女巫的魔法球再也没有出现过，自此只存在于当地人的回忆之中。

6. 花儿与蜂鸟

"早上好！漂亮花儿！"

"早上好，小蜂鸟！"

"请问我能吃点花蜜吗？"

"那当然，有很多呢，随便吃。"

"谢谢，你真好，那我拿什么来谢你呢？"

"嗯，我动不了，知道的事情也不多，但我特别喜欢听别人跟我讲故事呢。我好想听你说说你这身漂亮衣服是哪里来的——每次看你轻快地飞过我都会猜啊猜的。"

"真的吗？啊，让我想想，嗯。据说，多亏老鼠帮忙，我才有了这身衣服。"

"老鼠？怎么会呢，小蜂鸟？大家都知道老鼠不是灰色的就是黑色的。"

"呃，那要不是老鼠的话，就是泥巴给我的。"

"小蜂鸟呀小蜂鸟，你肯定搞错了。能歇一下别一直嗡嗡嗡的了，好好想一想行吗？"

"啊，我知道了。肯定是美洲豹给我的。"

"我说小蜂鸟，那不就更离谱了？你是说一只美洲豹吗？我肯定是听错了。"

“也不对吗？呃，那肯定是老鼠、泥巴和美洲豹一起给我的。嗯，就是了。蜜真的好甜啊。”

“对呀，听到你说甜我真是高兴，但咱们还是讲讲你这身漂亮的衣服呗。”

“啊，是哦。我光顾着吃花蜜都忘了这茬儿了，要想的事情还真多。啊，我现在想到了，不会有错的啦，就是昨天鸽子帕洛玛跟我讲的，不过已经过了一天一夜了，想要讲清楚这个故事也不容易啦。”

“趁你还没忘，快跟我讲讲嘛。”

“嗯……以前所有的蜂鸟都是灰色的。”

“嗯，我也听说过。”

“一只大美洲豹静悄悄地穿过树林，踩翻了一个鼠窝，不小心把小老鼠都踩死了。”

“天啊，真是可怜。”

“所以，鼠妈妈回到家，看到这一场景，非常生气，说美洲豹太大个了，笨手笨脚的，所以才看不清要往哪走。”

“小蜂鸟，鼠妈妈她肯定会生气的。要知道，我就经常想，要是老鼠和美洲豹，还有其他各种各样的生物，都不像现在这样走来走去，而是一直原地不动，那该多好啊。就是因为它们跑来跑去、跳来跳去，才会发生这样的事情啊。如果树木花草都跟动物一样动来动去，带刺的灌木就会刮伤柔软的花朵，划伤葡萄细嫩的葡萄皮了。我要是成了皇后，我就会定下规矩，森林里四条腿的生物都要像我们一样站在那一动不动，还要……”

“别别别打断我，我都快不记得故事怎么讲了呢！”

“啊，真是抱歉，那你继续讲吧。”

“美洲豹当然原原本本地跟鼠妈妈讲了事情的经过，还说他也很抱歉，以后会更小心的。但鼠妈妈还是把他骂了一通，死死记得以后一定要抓住机会惩罚他。"

"但是美洲豹都说他很抱歉了，那还不解气的话，我觉得……"

"小花儿啊，我说真的，你听我说完。你根本不明白想好好讲完一个故事有多难，所以千万别插嘴。有一天，趁美洲豹还在睡觉的时候，那只老鼠爬了上来，用从树上收集的树胶粘住了美洲豹的眼睛，之后又用泥巴糊了一层，一层树胶一层泥巴，糊上了好多层。这样，美洲豹就分不清白天黑夜了。"

"天啊，这也太可怕、太过分了。我开始可怜起美洲豹了。可是，小蜂鸟，你还没讲到你缤纷多彩的漂亮裙子啊。"

"就快讲到了，你这不是插嘴了么。美洲豹咆哮起来，无休无止地咆哮，成天成夜地咆哮，就算最小声的咆哮，都会让三角洲里的鳄鱼感到害怕，潜下深水湾躲进水底。听到一片喧哗，蜂鸟问美洲豹到底发生了什么。"

"蜂鸟也真好。美洲豹说了什么呢？"

"他一五一十地跟蜂鸟讲完了这个故事，拜托他杀掉那只老鼠。但蜂鸟并不想这么做。"

"当然不想了。我就没杀死过老鼠。"

"后来美洲豹说，如果蜂鸟能帮他揭掉树胶和泥巴，让他重见光明，他会尽其所能回报蜂鸟。所以小花儿你看，美洲豹很聪明，正因为他去过很多地方，见多识广。"

"这可不见得。整个夏天我都沿着这棵树生长，也走了不少的路，但我知道的还是很少啊。"

"你那就不一样了。没人要求花儿变聪明，漂亮就够了。"

"是吗！"

"不过请你听我讲完，别总是插话。"

"哎，又插嘴了，真对不起啊小蜂鸟。"

"然后，蜂鸟对美洲豹说，她想要一身美丽的裙子，就像太阳鸟那身那么漂亮，还让美洲豹告诉她哪里才能穿上那么多美丽的颜色。美洲豹还没来得及回答，她又问他为什么那些藤蔓开得出红色、黄色和紫色的花。"

"这是我听过最有意思的故事了。后面还有吧？真不希望这么快就到结尾。所以美洲豹知道答案吗？"

"当然知道了。美洲豹告诉蜂鸟，花儿从土地里得到各种颜色，还告诉她哪里有色彩缤纷的泥土，哪里有金子、银子和红宝石。所以蜂鸟一口一口地帮他啄掉眼皮上粘的树胶和泥巴，美洲豹终于又看得见了，喜悦地嘶吼了一声。那一天，美洲豹和蜂鸟一直忙着收集各种颜色。有多彩的泥土，有多彩的沙子；有金子和银子，有红宝石和猫眼石；有落日时的蔚蓝和血红，有日月星辰银色的光芒；有森林暗处萌发的嫩绿，还有黑檀木不见五指的漆黑。蜂鸟用这些打扮好自己，还用蜘蛛的丝和柔软的线装扮出迷雾一般舞动的翅膀。蜂鸟一身漂亮衣服就是这么得来的。没了。"

"这个故事不错。谢谢你，小蜂鸟。你讲得真好。"

"小花儿，我也要谢谢你的花蜜。"

"嗯，你是要走了吗？再见！"

"再见，小花儿！嗡嗡嗡……"

43

7. 厄尔·厄阿诺

　　谁都不喜欢住在森林里的厄尔·厄阿诺：他总是躲在黑暗的地方，每当伐木工人走过森林，就会跳到他们身上使劲儿地打，打完了还把他们带的食物抢走。他平常一般都蹲着，皮肤发黄，牙齿长得歪七扭八，胳膊是弯的，腿也站不直，五官还扭曲在一起。他有时还会手脚并用，身上的鬃毛长得垂到地面，看着像多长了好几条腿一样，整个像一只大蜘蛛。当他蜷缩起来的时候，看着像一个长得特别丑的小孩，哪里的皮肤都是皱巴巴的，像穿着一件破布烂衫。

　　长得丑人们都还可以接受，但更过分的举动就忍无可忍了。最讨厌的就是他会趁月黑风高夜悄悄躲在房子周围，看着人们唱歌说话。房子里的人们什么都察觉不到，等到房子里有人出门找泉眼打水的时候，他就会突然跳出来抓着人的头发猛咬猛打。等他终于抓完挠完住手不干以后，备受折磨的人才能赶快跑回屋子。但是等他刚想抓住门把手准备躲进屋，厄尔·厄阿诺立刻就会单腿蹦跶追上这人再痛打一顿。这时可怜的人怎么大喊大叫都没用，因为厄尔·厄阿诺已经在周边施了法术，即使喊破喉咙也没人听得到。

　　另一个让人深恶痛绝的恶作剧是他会躺在路边伸出可以任意变形的橡皮胳膊，抓住男孩或者女孩的脚踝。有时候他还喜欢模仿下雨或者下冰雹的声音，屋子里的人们听到声音就会马上到窗边察看，这时厄尔·厄阿诺就会贴着他们的脸从暗处窜出来，睁着红红的、亮得像红宝石一样的眼睛，咧开嘴大笑，手还握着身上的毛，看着像一张吓人的窗帘。这一幕看上去会非常恐怖，尤其是一个人待在家的时候。就算他过了一会儿离开窗边也好不到哪儿去，因为他接下来几个小时都会在院子里跳来蹦去，大喊大叫，还把木棍和石头丢得到处都是。只要他在的地方，就吓人。

一天，一个独居的善良的老妇人拎着篮子出门摘浆果。厄尔·厄阿诺看见以后，马上把自己变得像一个小小的婴儿那么大，然后跑到光秃秃的两棵树之间，在一片明亮的苔藓上躺下。他假装自己睡着了，时不时还会哼唧两声，好像在做噩梦那样。

老妇人眼神不好，但听力还是很敏锐的。她循声找到了正在低声呻吟的厄尔·厄阿诺，双手把他抱了起来。厄尔·厄阿诺虽然样子变小了，但体重还是和原来一样重，老太太只能深深地弯下腰才能费力抱起他来。

"可怜的小东西，"她说，"谁把你丢在这儿了！还是……有什么东西把你这个粉嫩的小东西从家里带出来了？我来照看你吧，在这儿待着说不定就没命了。不过，你也真是沉啊，我从来没抱过这么沉的小娃娃。"

老婆婆自己没有孩子，也并不富有，但她十分善良，愿意收养这个可怜的小家伙。她温柔地抱他回家，往火堆上加了几根干柴棍，用一把细树枝做了一张床，还铺上柔软的羽毛垫。做好这些，她继续跑前跑后找牛奶面包给小家伙当晚餐。老婆婆因为从险恶的森林里拯救了一个小家伙而感到满心欢喜。

起初她看到小家伙胃口大开，很是高兴。厄尔很快把她找来的面包牛奶吃得干干净净，然后又大哭起来要吃的。

"天啊，这孩子肯定是饿坏了，"她说，"那就把我的晚餐也吃了吧。"老婆婆拿出自己的那份晚餐，厄尔迅速地吃完了，好像没吃饱，还要吃。老

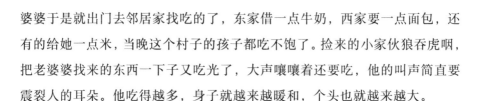

婆婆于是就出门去邻居家找吃的了，东家借一点牛奶，西家要一点面包，还有的给她一点米，当晚这个村子的孩子都吃不饱了。捡来的小家伙狼吞虎咽，把老婆婆找来的东西一下子又吃光了，大声嚷嚷着还要吃，他的叫声简直要震裂人的耳朵。他吃得越多，身子就越来越暖和，个头也就越来越大。

"天啊！"老婆婆叫道，"太神奇了！一会儿就从一个小娃娃变成了一个小孩儿了！虽然丑是丑了点，不过我猜应该只是因为被丢在野外没妈妈照料的原因吧。"刚这么想了一阵老婆婆就开始惭愧。但她就是忍不住觉得他丑，于是想为他多做点什么。那个丑家伙呢，吃饱了喝足了，咕哝了两声，就重重地躺下去睡着了，还大声打着鼾。

第二天更糟了。厄尔·厄阿诺在壁炉旁伸了个懒腰起来以后，马上变成了他本来的模样，看到老婆婆就开始大喊大叫要吃的，震得每片窗玻璃都在颤抖，整个村子都听得见他的声音。这时屋子里什么吃的都没有了，老婆婆想稳住厄尔，只好出门把这件事告诉了邻居，看看他们有什么好办法。邻居们听说以后，都蜂拥而来，到老婆婆家看稀罕。这时候有一个勇敢的人告诉厄尔说，他该走了。厄尔听到，扬起丑陋的脸疯狂地笑了起来。

"行啊，给我拿吃的来，"厄尔一边说，一边用那双红眼睛看着他，"我说了，给我拿吃的来。只要吃饱了我就会走。别给我拿小孩儿吃的东西，直接拿6个或者20个大人吃的给我。烤犰狳、烤整猪、烧鹅、鸡蛋，再来20头奶牛挤的奶，大概先这样吧。动作要快点，我等的时候可闲不住，你们也管不到我想干什么。"

厄尔闲不下来的时候，没几个人会喜欢：他把屋子里的桌子、椅子、凳子、锅碗瓢盆全砸了，等他在老婆婆家砸够了还会去隔壁家继续砸门、砸窗户，这样还不罢休，他甚至还把院子里种的花连根拔起，追赶山羊、追得鸡飞狗跳。就算给他端上了饭他也不会停下来，总是一下扑过去狼吞虎咽，吃得连骨头和渣子都不剩。

村里的人被眼前的这一幕吓坏了，纷纷小声商量怎么办。等厄尔吃完了，勇敢的人又一次站出来上前说，"现在，你也吃够了，也闹够了，那么请遵守诺言离开这里吧！别再找这个老妇人的麻烦啦！"

"我不！我不！！我不！！！"厄尔大吼起来，每一声都比前一声响亮。

"你要说到做到。"

"我说我吃饱了再走。我还没……"

勇敢的人打断他的话，说："你吃够了。"

然而厄尔的回答快把在场的村民都吓晕了。

"啊，这一顿是吃够了。"残暴的厄尔说，"但我的意思是我每顿都吃够了才走。今天吃够了，还有明天呢，还有明天晚上呢。还有后天大后天大大后天呢。每周每个月每年里的每一天我都要吃饱！你们真是笨啊，居然以为我吃得饱！我可不会走！我，绝不会，走！！！"

说完，这个丑陋的家伙咧嘴笑了起来，还顺手抓着身边的东西往墙上摔。好多东西都被他摔成了碎片。

三天了，三天都是这样。第三天村民个个都无计可施了，村子里能吃的东西都拿去填了这个家伙的肚子。老妇人看到这一切，十分伤心，走出屋外坐在一个安静的池塘旁边开始哭泣。她明明是好心，却换来了这般结果；原来打扫得干干净净、布置得舒舒服服，凝结了她好一番心思的房子，一时间被这个家伙给破坏殆尽。突然间，一个声音打乱了她的思绪。老妇人扭过头，看到石头上站着一只银灰色的狐狸。

"好好哭一下吧，你会觉得舒服一些的，"他说，"不过开心起来笑一笑更好。"

"啊，晚上好，佐罗先生。"老妇人擦干眼泪招呼道，"但你看，这个可怕的家伙把村里的东西吃得干干净净，还怎么高兴得起来呢？看到这么多好朋友受到牵连，又怎么能不生气！"老妇人正是这样，看到别人无精打采，自己也高兴不起来。

"你不用说，我也知道这一切。"狐狸说道，一边歪了歪头，这会儿看着像一条漂亮的狗，似乎在微笑。

"那还能做什么？我真是走投无路了。这个家伙说只要吃饱了就不会再来捣乱。可你看，他走之前都不会消停！"

"问题在于，你给够了，但还不够多。"

"你说还不够多？已经够多了好不好！我们有的都给了他！"老妇人十分生气。

"那好，你们必须给他他不喜欢吃的东西，这样他就会走了。"

"说得轻巧。"老妇人打起了精神，"我们有次给他吃不喜欢的味道，结果他又吃了十倍多的东西把那个味道压下去。佐罗先生，你聪明是聪明，但建议给得可不高明。"

狐狸陷入了沉思。过了一会儿，他走向老妇人，盯着她的脸说：

"别担心。他今晚就会吃饱了。你只需要看看你的邻居是不是按我说的做了就行。要是我言行不一，你也尽可以怀疑我。"

善良的老妇人终于相信了狐狸的智慧，并向他承诺会让她的邻居按照他的说法去做。接着他们一起去了她的家里。村里面厄尔·厄阿诺像一头猪那样四仰八叉地在地板上躺着，每隔几分钟就大吼一声。那天厄尔发现了新的玩法：掀屋顶。他把村民的茅草屋顶一个个都掀翻了！为了让他停下手，村民只好答应给他两倍的食物，除此之外他还干了不少的坏事，让邻居又恐惧又气愤。

不消五分钟狐狸和老妇人就回到村里面。村民拿来了各式各样的食物开始做饭了，里面有：犰狳、浆果、鸡蛋、山鹌鹑、火鸡、面包、还有湖里的鱼。妇女们还泡起了鲜草茶。很快吃的喝的都有了，厄尔·厄阿诺立刻贪婪地吃了起来。

狐狸盯着他看了一会儿，说：

"我的朋友，你胃口很好啊。那村里的男男女女、孩子们、还有我吃什么呢？"

"我吃剩下了就是你们的了。"厄尔·厄阿诺说。

"希望我们吃得不多。"狐狸说。

过了一会儿狐狸开始特别狂躁，在屋子里一边跳来跳去，一边抱怨村民又懒又不友好。

"你看看你们，该这么待客吗？给一个吃的，却让另一个挨饿。我什么都没得吃是吗？快点啊，烤烤土豆也好，要不我可对你们不客气了。我搞起破坏可是比他过分十倍的。"

大家知道这是个计策，所以赶忙跑出去找土豆。狐狸教他们怎么在壁炉上烤土豆：要把土豆埋进木柴灰烬，上面盖上热碳。烤好了之后狐狸让大家每人拿一个吃。厄尔·厄阿诺这会儿正在啃动物骨头，狐狸说他不会喜欢吃土豆的。但是人们开始吃土豆的时候，狐狸一个接一个跟人们耳语说了几句话——不过厄尔·厄阿诺都能听到："嘘！别说话。厄尔·厄阿诺千万不能知道土豆有多好吃。要是他要吃，就跟他说都没有了。"

"好的，好的，不让他知道。"人们纷纷附和。

这会儿厄尔·厄阿诺起疑了，盯着人们一个一个地看。"把土豆给我拿来。"他说。

"没土豆了。只剩下我手里这个。不过你可以尝尝。"狐狸边说边把烤土豆扔给厄尔·厄阿诺，他马上抓住扔进嘴里。

"啊，好吃。"他咆哮了一声，"我还要！还要！！还要！！！"

"没了。"狐狸大声说完，跟身边几个人轻声说，"别说壁炉里还有。"但故意让厄尔·厄阿诺听见了。狐狸太清楚壁炉里什么都没有了。

"哈！我听见了！"厄尔·厄阿诺咆哮起来，"壁炉里还有土豆！都拿给我！"

"那没办法了，给他吧。"狐狸边说边把烧红的炭块拿给他。

"让开让开！"厄尔·厄阿诺一边大叫着，一边伸手接过狐狸手里一把自以为是土豆的火热炭块。厄尔将炭块吞下后，开始在地上打滚，还痛苦地大喊大叫。这时候炭火在他的胃中燃烧起来，他难受得一下子跳起来冲出屋外，跳进小河，喝了很多很多的冰凉河水。那么多的河水一到胃里面立刻就变成了蒸汽，这时厄尔膨胀得越来越大，最后炸成了上千个碎片，爆炸的声音大得每个山丘上的人都能听见。

8. 双胞胎英雄

　　从前有一位母亲生养了一对双胞胎儿子，兄弟俩长得太像了，连妈妈都分不清谁是谁，所以胡那普总是头戴一根猩红色的羽毛，巴兰克则戴一根蓝色的。

　　兄弟俩一天一天在长大。他们常在森林中嬉戏，到湖中游泳，在平原上游荡，渐渐地认识了许多动物和各种鸟类，还能找到很多鸟窝，跟动物的幼崽玩耍。有一天，他们回家的时候身后还跟着一只美洲豹，那只豹崽像小狗一样跟着他们——这还不算是奇事。他们知道鸟儿在哪里筑窝哺育小鸟，只要呼唤一声，他们就能召唤森林中各种色彩缤纷的鸟儿，飞到兄弟俩的肩头和手上。每当动物们聚集在兄弟俩身边的时候，动物之间不再有争斗，一起养大的小猫和小狗也不会打架。

　　两兄弟跟野生动物一起长大，每天都跟它们摔跤比赛，练就了强壮的身体和灵活的双脚。他们想看看秃鹫的窝，就会爬上悬崖，他们爬起树来像猴子一样灵活。他们也会潜入深深的、清凉的绿色湖水，捡起湖底的贝壳和明亮的石头，在水中跟在陆地上一样轻松自如。兄弟俩经常比赛，欢笑声不断。每次坐在湖边沐浴阳光，兄弟俩的目光会越过湖岸望向遥远的山峰，遐想以后去山上探险会看到什么。

父亲教他们学会用弓箭和矛。兄弟俩学会了之后，父亲给他们一人做了一块银胸牌和头盔，它们在阳光下闪闪发亮。时间一天天过去，兄弟俩漫步走过这一带许多地方，遇到同龄的男孩，发现他们也有父亲做的银胸牌和头盔。他们的父亲也教他们使用箭和矛。这群男孩一共有四百个，领队正是胡那普和巴兰克这对双胞胎。四百男孩相互赛跑、摔跤、游泳，大家很快便打成一片。他们彼此约定，谁遇上麻烦，只要吹一声号角，兄弟们就会前去解围。不过，他们也不是成天只会玩耍。四百男孩个个会一门手艺，有的画得一手好画，有的会吹长笛，有的会打铁，有的木工活做得很好。

　　一天，胡那普和巴兰克在林中采集果子，发现林中走来一对老夫妇，哭得很伤心。他们对这一带不熟，看到两个男孩子穿着银盔甲，手里拿着弓箭，一个人头盔上插着猩红色的羽毛，另一个插着蓝色羽毛，他们呆站在那，好一会儿没说话。两兄弟问起来，他们便讲了湖水那边山民的生活。那里有三个可怕的巨人时常出没，人们生活在恐惧之中。那些巨人吃掉人们饲养的牛羊，恶作剧般毁掉人们居住的房屋，有时候还杀人；石头墙对他们来说就是小木棍，他们还能把树连根拔起，双手铲走泥土就能改变流水的走向。因此村民都觉得没有什么能跟巨人的力量抗衡。

　　两兄弟听罢很是困惑。他们之前坐在湖边畅想遥远地方人们的生活时，就听过水边传来微弱而奇怪的噪音，那时他们还以为是夏天的雷声。现在听了老夫妇的故事，他们开始觉得事情比之前想的要麻烦很多。于是胡那普找到一片没有树的开阔地，把喇叭凑到嘴边响亮地吹了三声长号。接着男孩子们从各个方向跑了过来，每个都带着弓，背上背着一袋箭，手里拿着矛，护胸和头盔在阳光下闪闪发亮。想想看，一队身材颀长、干干净净的小伙子带着弓箭、头戴银头盔，头上的羽毛垂下来，气势非凡的样子；他们那么多人站在那里，身后就是绿色的森林。除了四百个小伙子之外，他们的好朋友也跟来了，有美洲豹、鹿、成群结队的蜂鸟还有高傲的羊驼——每个男孩都有驯养野生动物的爱好。

老夫妇跟这四百个男孩讲了他们族人的故事，还说他们的儿子女儿都被其中两个巨人抓走了。队伍中站出一个男孩子，双目炯炯有神，他说不出一年就要取得巨人的首级，引发了队伍一阵欢呼。这个男孩子接着说：

"我们出发吧！去找三大恶人！"话音刚落，四百勇士就摩拳擦掌，准备出发。但是，就像"炯炯有神"说的那样，必须有人留下看家做事，所以他提议二十名先走。然而每个小伙子都想先行一步加入这场冒险。巴兰克见状，提议他一个人先去看看怎么办才最好，但剩下三百九十九个男孩个个都想跟着他一起去。最后大家决定，每个男孩都召唤自己养的动物，最先跟主人会合的，主人就跟巴兰克一起去巨人之地。说定了方法之后，大家有的吹口哨，有的扮出动物的叫声，用各种方法叫来自己的宠物。眼见着动物从枝叶繁茂的森林里跑了出来，有的一跳一跳，有的靠翅膀飞翔，每个男孩都把弓箭挂在枝头，张开双臂迎接自己的宠物，到处充满了欢声笑语，非常热闹。这时一头羊驼用鼻子碰到了胡那普的脖子，紧接着是巴兰克那只鹿跑到他身边。这样，双胞胎兄弟脱颖而出，大家毫无异议。当晚，四百个男孩睡在满是星星的苍穹之下。第二天早晨太阳升起之时，他们一阵欢呼，纷纷用箭杆敲击弓柄致意，为双胞胎兄弟送行。双胞胎爬上山脊，向弟兄们挥手道别，然后继续向前走，最后他俩的身影消失在大山背后。其余三百九十八个男孩纷纷散开做自己的事情去了，时刻等待双胞胎兄弟的消息。

兄弟俩赶了足足两天的路，第三天早晨来到一处有很多黑色大石头的地方。这里的山坡光秃秃的，没有树木；将近正午兄弟俩在山的一侧找到一个洞穴，洞底尽是动物的骨头，有些骨头特别大，简直跟人一样高，兄弟俩从来没见过有什么动物能有那么大的骨头。这些骨头上还有牙印，都被敲碎吸了里面的骨髓，看这大小就知道一定是巨人吃过。

兄弟俩爬上山顶，发现脚下是一个空空的大洞，洞的另一边坐着一个怪物，他双手放在膝头，前后摇晃着身子，嘴巴嘟哝着，眼睛看看这儿看看那儿，神情古怪诡异。兄弟俩看到他不能像自己那样扭头看，只能用那一双小眼睛转半圈或者再多一点观看别人，觉得特别奇怪。事实上，巨人扭头的时候必须闭上眼，扭到位置了才能张开看，但看的时候又不能动。巨人要想看别的地方必须再闭上眼睛扭过去，所以他的眼神好像要发射子弹一样，没看见就是没看见，还要重新来一遍，自然会漏掉好多东西。但他只能这么看东西，估计自己也没啥不满意的，你听他唱的歌就知道了：

> "我叫卡奇克斯，
> 尤库布·卡奇克斯。
> 我眼神明亮如银，
> 像宝石一样闪光。
> 我叫卡奇克斯，
> 尤库布·卡奇克斯。
> 卡奇克斯！
> 卡奇克斯！"

他唱了一遍又一遍，大吼一声，接着说：
"我叫卡奇克斯，
尤库布·卡奇克斯。
所有人都怕我！"
兄弟俩听见这声愚蠢的吼叫，站在山头冲他喊道：
"来抓我们啊，卡奇克斯。你能抓到我们吗？我们就是来收拾你的！"
有那么一阵子，巨人被这几句话吓到了，坐着一动不动。他闭上双眼，一手护着耳朵想分辨声音的来源。兄弟俩看到他那张大脸扭了过来，就左右跳着躲开了他的目光。兄弟俩成功地躲开了巨人，但是巨人又朝山丘伸出胳膊，他的胳膊像橡胶一样柔软，可以随意伸长，大手指很快摸索到了兄弟俩站着的山头，那五根手指动来动去，好像五条看不见路的蛇一样。巨人摸索了半天什么都没找到，就抓起那块跟房子一样大的石头缩了回去，放在鼻子底下。巨人闭上眼睛，把脸扭回来，睁开眼仔细查看这块石头，什么都没找到，又随手丢了出去，就好像你随手掸掉手上粘的小昆虫那样。卡奇克斯坐了一会儿，又站起来大步往山谷里走，目光直直向前看。兄弟俩刚才还在山谷里，他一直想找出来。现在巨人来到稍远一点的树下，摘掉看起来像浆果的水果——其实每一颗都跟南瓜一样大——然后一口吞下，根本没看见弓着身子躲在他视线之外的兄弟俩。

等巨人走了，双胞胎跑到了山谷里，山谷左右两边都有很多大山洞，山洞里藏着宝石，有钻石、祖母绿、红宝石、蛋白石等等，它们在阳光下闪着光，还有一些山洞里藏着金沙和银沙。看着看着他们听到了别的声音，吓了一跳。这不是卡奇克斯，但这个声音来自他们藏身的山峰。这股声音越来越清晰：

"我是卡布拉坎，

地动山摇的卡布拉坎，

我是卡布拉坎，

我主宰人类！"

这是另一个巨人的声音，兄弟俩暂时看不见人在哪儿。双胞胎爬出山谷，爬上山头看到卡奇克斯回到山谷。他在树旁边停了一下，跟上次一样吃了点水果，然后哼着歌继续往前走：

"我叫卡奇克斯，

尤库布·卡奇克斯。

所有人都怕我！"

他坐在原来的地方，双手放在膝头摇晃着身体，看上去焦躁不安，好像危险的事情即将发生那样，时不时站起身望东望西，而且每个小时都要跑去吃一次水果。

双胞胎看到之后，有了主意。他们爬上果树，躲在浓密的枝干后面，刚藏好就听到巨人走近的脚步声。

很快他们感觉树被巨人震得摇来晃去：巨人又来吃饭了。兄弟俩从"1"默数着数字，还没数到"6"巨人就来到了树前面，看到他那张蓝色的大脸，胡那普飞快地推箭上弦，一箭射中巨人的下巴。虽然巨人皮厚，这一箭只射穿了他的嘴，但也够让他觉得痛。他嗷嗷着退了几步，跑回山谷躺了下来，一边吼一边哭，再也不能大声唱歌了。

双胞胎从树上爬下来走到卡奇克斯躺下的地方，躲着他踢蹬的双脚看着他。

"谁啊你们？"巨人看到兄弟俩，问道，"你想干什么？"

"我们是医生，听到你叫得那么痛苦就过来帮忙了。是你的牙出了问题，要治一治。等我们把你的坏牙拔出来你就舒服了。"

"但我没了牙齿就没劲了，人类不知道。"卡奇克斯跟其他巨人一样，没什么疑心。

"我们知道。我们会把坏掉的牙齿拔出来，再往里面种新的。"

巨人张开嘴巴，双胞胎带着锤子和铁棍进去了，不一会儿巨人的牙都被翘掉了。兄弟俩依照承诺种上了新的牙，不过这些新牙都是玉米种子做的，卡奇克斯刚想用新种的牙吃东西，就发现自己根本咬不动。因此没过多久他就饿死了，从此地球上少了一只巨怪。

兄弟俩回家讲了这段故事，男孩们高兴得手舞足蹈。他们不仅除掉了一个巨怪，还发现山谷里藏着许多宝物。休息了一周之后，双胞胎带领着四百男孩，穿着锃亮的铠甲，戴着鲜花和羽毛，出发前往石头山除掉剩下两个巨人。下一个故事很有意思，但比较长，我们下一章再接着讲。

9. 四百勇士

　　双胞胎兄弟带领四百勇士，一边唱歌一边挥舞着旗帜出发了。他们一个个身体强壮、四肢匀称，一身古铜色的皮肤，迈着整齐的步伐朝巨人生活的地方进发，目力所及之处是笼罩在蓝色迷雾中的远山。四百勇士个个都有一颗勇敢的心。他们其中没有胆小鬼，也没人会仗势欺人，他们目光明亮、直抵人心，每个人摔跤、骑马、攀岩、射击样样在行。阳光照在他们银色的盾牌上，他们手中的弓箭头就像一束光，头盔也闪闪发亮，那阵势气派极了。男孩子们肩膀上挂着弓，身佩长剑，脚蹬草鞋步伐一致向前走。他们没有带任何食物，因为他们认识林中小路，记得森林中哪里有湖泊、有小溪，知道哪里有长满野果的树木、哪里有长满浆果的灌木；夜晚在林中露宿，满天繁星就是他们的屋顶。

　　四百勇士笔直向西行走，没有丝毫迟疑。他们的目标是布满大石块的地方，那里的峡谷就像巨大的斧头在土地上砍出的缝隙。他们穿越森林，翻过高山，爬过峭壁，不在奔流的小溪前或黄色的沼泽地停留片刻，马不停蹄地向目的地进发。他们先来到巨人卡奇克斯的山谷，看到那里只有一堆白骨，被食腐鸟啄来啄去。他们也看到石洞里藏着闪闪发光的钻石、像火一样红的红宝石和散发着冷冷绿光的祖母绿，还有金子和银子，但是勇士们并没有被山洞中的宝物所诱惑，他们把这些宝物视作小孩子的玩具，抱着坚定的信念继续前行。

四百勇士两个一组，分头去山顶和山脊仔细搜索，最后围着山形成了一个首尾相连的包围圈，却还是没找到卡布拉坎，也没找到至帕克那。男孩们又搜索了一遍仍旧一无所获，所以准备往更远处进发。四百个人里没有一个打退堂鼓，他们决心把邪恶的东西赶出大山。

第二天，四百勇士来到一片巨大的森林继续寻找巨人，然而一群大猴子拦住了他们的去路。猴子有成百上千只，个个龇牙咧嘴，不停地大吼大叫，纷纷朝勇士们跳过来。面对张牙舞爪的猴子，四百勇士明白，只要他们齐心协力，一定可以打败猴子。于是，他们组成方阵，对应东西南北，第一排男孩单膝跪地，左手持盾牌，右手持长矛，后面的男孩手持长矛站在第一排男孩后面，长矛根根直立。男孩都很勇敢，毫不退缩，猴子根本没办法突破。这时，长毛的猴子头领大喊大叫，指挥着上百只猴子又扑了上来，企图单凭庞大的兵力打败这一长矛方阵。然而勇士方阵坚不可摧，猴子失败了一次又一次，地上到处都是猴子的尸体，受伤的猴子痛苦地扯着喉咙喊叫，愤怒地往回跑。等到太阳落山，绿色的大地变得灰暗时，那帮可怕的猴子才发现自己根本打不过勇士方阵，索性放弃战斗逃离了战场。

四百勇士无一伤亡，只是非常疲惫，但团结一致的战斗增进了彼此间的兄弟情义。猴子逃走后他们扛起长矛，背上盾牌和弓箭继续前行，来到一处奔流的小溪旁洗澡、整理武器，然后在皎洁的月光下歇息，歇息的时候手中还不忘握着长剑。放哨的男孩手持长矛，警惕地观望着四周，确保没有新的敌人。

天空又一次变成玫瑰红色之后，他们再次启程。这次他们挑了一条近路，直挺进群山，正午时分便来到大山间乱石一带。山谷两边的白色巨石光秃秃的，高耸在两侧，前方的路阴森黑暗，四下除了一只秃鹫在高空盘旋之外，没有其他动物。巨石之间传来一阵声响，有哨声还有喊叫声，突然间爆发了一个响雷，混乱之中响起一声强有力的巨吼，在两面峭壁之间反射、回响。四百勇士见状，彼此叮嘱，说话的时候要贴着耳朵用手捂着说。他们走进这条山间窄缝，面对布满尖头碎石和大块石头的地方，他们只好慢下步子。正在这时，前方掉下一块巨石挡住了他们的去路，能走的只有巨石与峭壁之间的窄缝。四百勇士抬头看见两边高耸的峭壁上聚集了一群面目狰狞的龅牙山岩人，知道他们一定是山上的野人，他们强壮而凶猛，满心仇恨、作恶多端，爬起峭壁就像蜥蜴一样灵巧。

突然，他们当中站出一个人，白头发白胡须又长又乱。他用粗糙沙哑的声音大吼一声，举起一块比十条鳄鱼还要大的石头，用力扔了出去。巨石很快飞过四百勇士的上方，砸中了远处的峭壁，随即裂成了成百上千个碎片。"炯炯有神"眼明手快，马上告诉大家把盾牌举过头顶连成一片挡着碎石雨。碎石像冰雹一样滚了下来，有些石头块头很大，但男孩们用盾牌挡着，并没有受伤，只是脚下砸出了很多坑。山岩人人数众多，个个强壮；但是，勇士们手持盾牌首尾相连接，分散了石块的重量，大家都平安无事——因为每一个男孩都很关爱同伴。

有一处通道非常狭窄，一个山岩人猛地跳了下来，他像动物一样迅猛，能像野猫一样在石头之间跳跃。山岩人压倒了双胞胎中的巴兰克，但巴兰克很快爬了起来，飞快抽出长剑，趁山岩人张牙舞爪扑向他的时候，一剑刺穿了他的胸膛。那个山岩人像野猪一样继续往巴兰克身上扑，完全不顾自己流血的伤口，他沿着剑柄猛地爬过去抓起巴兰克扛上肩膀，眨眼间就扛着巴兰克往悬崖上爬。其他的山岩人看到之后兴奋地大喊大叫，以为胜利在握；但是，"炯炯有神"抓住机会，撑弓上箭射了出去，一箭射中那个山岩人的脖子。山岩人站在山头啐了一口，把巴兰克扔了下去。现在山岩人身上被刺穿了两处，他凭着剩下的一口气费力爬到石头边上，便消失不见，所到之处鲜血横流。

接着就是不间断的石头雨。四百勇士紧紧连接起自己的盾牌，比肩继踵，饱含战胜的决心和对同伴的信任，每个人都着眼于道路尽头细长又明亮的一抹蓝色全力前进，大家都把它当胜利的希望——那是这条道路的终点，那里不再有高耸的石头。他们并肩作战，走过危险而恐怖的地方，最后终于走出了群山，来到这一带平原，来到山岩人永远不敢追过来的地方。他们虽然精疲力竭，却依然取得了胜利，有些人甚至流下了欣喜的泪水。在这个过程中只要有一个人放弃，大家就不会成功。

夜晚，四百勇士躺在一片没有树叶没有草的地方休息，等着第二天早晨再次出发。小伙子们都心地澄明，没有谁有阴暗的念头，每一天都是新的一天，永远明亮而闪耀。

天亮了，但是太阳还没完全升起来，看上去跟地平线隔了一掌宽的距离，好像太阳突然跳了出来一样。东边山丘轮廓迷蒙，本来还低低的，现在却变高了，像一朵飘渺的云一样立在那里，然后很快飘到了南面。那边传来了一阵暴雷似的怒吼，震耳欲聋。等这声怒吼传了过来，大家才听见：

"我是至帕克那，不死的至帕克那，

我什么都不怕，除了水花。"

这股吼声像雷声一样滚滚而来，夹在天地之间，随着至帕克那在山谷间跳来跳去忽而变大，忽而变小。过了一会儿勇士们看得见他了，但至帕克那还是离勇士们很远，很快至帕克那又消失在他们的视野之中，跳进他们曾经跟山岩人鏖战的地方。

再没有比这个巨人更可怕的了。但四百勇士个个都不害怕，他们填饱肚子，便毫不犹豫地朝着巨人出现的地方出发了。他们走了很久，最后到达一处狭窄的峡谷边上，峡谷尽头是无数白骨。仔细看来，这些白骨不仅有动物的骨头，还有人的森森白骨，到处都是人的头骨和海蟹的壳，其间还爬着无数毒蛇。

他们正看着这副可怕的景象，身边却来了一位佝偻的老妇人，她神色忧伤，脸上尽是皱纹，说起话来更像是在呱呱乱叫，而不像人声，行迹十分谨慎、神秘。她对没有和大队伍站在一起的双胞胎兄弟和"炯炯有神"开了口：

"小伙子，你们来这里做什么？为什么来到这一带贫瘠又邪恶的地方？"

三人中有一人勇敢地答道，他们是来杀掉巨人至帕克那的，还告诉她，至帕克那是一个魔鬼，要想让世界和平必须消灭他。

"那么你们一定做好了死亡的准备吧。过去有很多人想来杀掉至帕克那，但他们一个个都去大吃大喝，去享福享乐了，起初想行善的念头早就抛在脑后，变成了不切实际的梦。"

勇士们觉得老妇人的话很奇怪，但老妇人接着说，山那边有一块水草丰美的土地，人人不需要干活，太阳也永远光辉明亮。她说这些似乎并无深意。

四百勇士答道："我们别无他求，只求能杀死至帕克那，他罪有应得。如果你说的那一片土地那么舒适，人在那里住着会变得懒惰，那么我们不会去的。"

听了这番话，老妇人似乎很满意，脸上浮起了笑意。但是她马上转变态度，咄咄逼人地问道："你们经过了卡奇克斯住的洞？他现在已经成了一堆白骨不是吗？那么把他洞里的宝贝给我。"她一边说着一边伸出皮包骨头的胳膊想接宝物。

"我们不是为了那些宝物而来的。我们看到了那些金银财宝，但是我们分文未动，如果拿了势必会影响我们当初做事的决心。"胡那普回答道。其他勇士纷纷点头。

"那你们怎么躲过森林里的猴子的？"

"我们比肩继踵，打败了群猴。"

"那怎么对付那群山岩人的？"

"炯炯有神"静静地说："我们每个人都竭力保护好同伴，才得以全身而退。"

接下来一阵沉默，三位勇士面对老妇人没有多说话。老妇人的问话似乎听不出什么，而她接下来说的也像个谜。她一边慢慢点头，对四百勇士的作为表示赞许，一边说："干得好。但前方有一个更大的挑战，你们每个人都要独自面对困境，要眼明手快。别的我不能多说，但你们要一直往前走，尽头有一片大海，旁边有一个湖，谁碰到水就会变成石头，一定要小心，但只要至帕克那被带到湖水旁就行了。你们也听他唱过那几句：

'我是至帕克那，不死的至帕克那，

我什么都不怕，除了水花。'

你们不是在日出的时候听过吗？"

然后，她转身走了，但有一件东西她没拿稳，从身上掉落下来。"炯炯有神"看见了，拾起来交给了她，因此她又多跟他们交代了几句："大家听好了。许多人就像蠢猪一样活着，只是为了吃，至帕克那就是这一类。在海边仔细看，看看尽头有什么，就会看到能把他引过来、把他干掉的东西。"老妇人说完，走下山丘，在一丛荆棘后面消失了，荆棘另一边跳出了一头雪白的美洲豹，大伙儿突然明白她就是白女巫。

四百勇士即刻出发赶往海边。白天虽然炎热非常，但他们也不愿意在山谷满是丝绸一般的草坪还有野果的舒服地方歇脚。当晚他们就来到了海边，看到悬崖脚下有一个湖泊，湖水清澈蔚蓝，从石头边沿流到另一块石头边上，沿着斜坡一直流淌下去。勇士盯着水流看，看到坡脚尽是石头和沙子，水里没有飘荡的水草或者其他生物，岸边是成百上千个海蟹的壳。看到这里他们想到了女巫的话，突然明白，至帕克那最喜欢吃的就是海蟹。

他们继续在周围观察，发现一棵大树的一头掉进湖水，变成了石头，还看到湖岸另一头满是蓝黑色的黏土，颜色跟海蟹壳一样。四百勇士思考了一番，商量着用黏土做出一个巨大的海蟹；还有几个勇士把笔直粗大的树干拉到湖边，一根根排开，跟湖边生长的树靠在一起，一头浸在水中。他们发现，浸没在水中的树干马上变成了石头，不在水里的部分变得慢一些，心中便有了主意。第二天一早他们就做出了一只巨大的螃蟹，放在树干形成的斜坡上，破晓时分便出发去寻找至帕克那。

然而并不是所有人都去了。四百勇士这里藏一个，那里躲着一个，一个个都躲在沿途的石头、荆棘或者树后面。一个、两个，一百个、两百个、三百九十七个都这么躲了起来，最后只剩下巴兰克、胡那普和"炯炯有神"。"炯炯有神"坐在山脚，胡那普弓着腰站在一个独立的山头上，巴兰克一个人回到他们遇见老妇人的山头。他大吼一声，轻快地挥舞着手里的长剑和盾牌，招呼至帕克那过来。

"胆小鬼！赶紧过来，跟你兄弟卡奇克斯死在一起吧！他的骨头已经四处散落，变成白色的了！"

一阵雷声般的声音传来——那是至帕克那。

"我是至帕克那，不死的至帕克那，

我什么都不怕，除了水花。"

他唱了一遍又一遍，一会儿大吼大叫，一会儿咕咕哝哝，就像猪快要睡着的时候发出的那种声音。巴兰克一刻不停地戏弄他，一会儿叫他胆小鬼，一会儿说他时日不多了，一会儿又提醒他卡奇克斯是什么样的下场。

最后巨人终于被惹急了。他抬起头看，一时间什么都没找到——他反应很慢，个子又太高，向他挑衅的对手个子特别小。找了好久，他才看见了巴兰克，一巴掌拍了过去。巴兰克身手敏捷，像一阵风一样跑到胡那普所在的山头，身后的至帕克那穷追不舍。兄弟俩一高一低，因为至帕克那追了过来而雀跃不已。胡那普整装待发，浑身是劲儿，接替巴兰克直冲到"炯炯有神"

所在的山脚下。紧接着"炯炯有神"像箭一样冲进荆棘丛……就这样四百勇士接力奔跑,把巨人至帕克那带到远一点、更远一点的地方,然而,巨人觉得始终在追赶一个人。这时每个人必须独自面对危险,才能保证集体的安全。最后从藏身地里出来的小伙子们逐渐聚集在一起,起初是三个人,后来五个、十个、五十个,四百勇士从山丘、山谷、沼泽、丛林、草丛中纷纷出来,跟着至帕克那往前跑。这场接力赛最终把至帕克那带到了悬崖边上。他往下一看,看到树干上有一只巨大的螃蟹,马上流出了口水,准备跳进湖水中大吃一顿。他刚迈出一步,那个螃蟹便掉进了湖中,至帕克那伸手去抓螃蟹,却永远定格在那个动作,跟螃蟹石连在了一起,一动不动。他的手也很快变成了石头,整个人变成了湖水上方一个巨大的石像。

除了战胜三大巨人的故事,四百勇士还在这一带土地上留下了其他战绩。多少年来,他们之间的友谊依然如旧,如果有哪一位受到威胁,他们就会重新联合起来面对敌人,共同战斗。

10. 瑞如和星光女神

　　我的巴西朋友帕德罗跟我讲过瑞如和星光女神的故事。至于当时讲故事的原因，我想可能跟饿坏了的人们讨论吃过的饭食类似，而这里的"饿坏了"可不是形容胃口好——我是指那些遭遇了海难的船员或者迷失在沙漠中的旅客，也就是那些忍饥挨饿很久了的人们。帕德罗跟我讲故事的时候，我们正在火地岛皑皑白雪之中，寒风刺骨，狂风呼啸，河水和湖面一片冰封；而他却在讲他温暖如画、牛羊成群的故乡，空气幽香扑鼻，微风轻拂着鲜花——事实的确是这样，心里想要什么，嘴巴就会说什么。

　　我们去那里是为了在圣玛利亚河上游淘金，结果一阵毫无征兆的暴风带来了两天两夜的大雪。尽管我们扎帐篷的地方是山丘里一个避风安静的小角落，帐篷还是被大雪覆盖得严严实实，我们直到第三天早晨都没法走出去。既没有吃的，也没有书可以读，除了篝火连照明的东西都没有。帐篷外群山逼近我们，铅灰色的天空沉沉欲坠，世界狭小紧凑。就是在这个时候，帕德罗开始讲他的故乡，说他家乡有宏伟磅礴的山丘，山丘上开满了紫色的花；湖面波光粼粼，大地绿草如茵，孩子在百花盛开的地方玩耍。听着故事我们很快就忘记了呼啸而来的狂风和渐渐逼近的严寒。但我想，帕德罗可能已经忘了，他怀揣着淘金梦来到南部尽头，梦想淘到好多金子之后就能在自己的土地上生活，一边读书一边安享人生。

可能你觉得我还是讲讲帕德罗跟我讲的故事会更有趣，但我觉得最好能把从他那里听到的原原本本讲一遍——帕德罗没能再回到他的故土；我写这篇故事，从某种意义上讲也饱含了对他的深情怀念。暴雪日当天，我们骑的两匹马在暴雪来临前走失了，帕德罗等雪停下后便步行离开帐篷，想走到八英里外的地方找点食物；我留在帐篷附近，用来复枪打骆马或者别的动物。然而，不久又一场风暴袭来，我用了足足五天时间才找到帕德罗，那时他已经冻僵了。

写这些东西的时候，那些景象还历历在目：白雪皑皑的山峰，灰色的天空，落满积雪的树枝，还有冻得僵硬的帕德罗。我迅速把他埋进冰冻的土坑，竖起一个粗糙的树枝做的十字架，标记下葬的位置，刚刚做好就又刮起一阵暴雪，大雪一下子把土丘和十字架都盖住了。

帕德罗曾经讲过很多故事，下面这个故事是其中一个。这个故事他小时候就听过好多遍。

故事

从前有个男孩叫瑞如，他最喜欢仔细观察森林中的动物和植物。

他会弯下腰仔细端详一朵鲜花，欣赏它天然的美丽；他会躺在落满树叶的湖边，跟着缕缕倾泻下来的阳光走向湖畔深处；他还会屏气凝神仔细听不知名的鸟儿放声歌唱……然而，他的父亲却不这么想。他不喜欢瑞如这么闲散，总是严厉地斥责他，反复告诫他不要总是关注这些转瞬即逝的东西。但瑞如就是瑞如，他趁天还没亮就潜入森林深处，躲了进去，陶醉在鸟儿美妙的歌声中。一天又一天过去，瑞如逐渐长成一个感受力十分强大的少年，繁星布满夜空的壮丽景象都能让他惊叹不已。每天晚上，他都会来到那个旁边有条小瀑布的开阔地，坐在自己最喜欢的地方流连忘返，急切地等待紫黑色的天空中升腾起第一颗闪亮的星星。

看着看着，瑞如的脑海中渐渐形成了一个想法：这个世界秩序井然是天上的人们维持的结果；地球上的生物里，就数人类最有能力，却也最有破坏力，而且最不值得信任。一天夜晚，他躺在棕榈树下倾听夜莺婉转的歌声，心情格外美好，一时间觉得这歌是星星传唱给鸟儿，鸟儿又唱给星星听的。他抬起头仰望着天空，努力在天空中寻找，想看看哪颗星星听到了鸟儿歌唱。不一会儿他便猜是那颗低低悬挂在天边、比别的星星更加闪亮和美丽的星星。从此之后，每天傍晚，等天空暗淡下来，颜色更为柔和的时候，瑞如只盯着这颗闪烁着银色光芒的星星看，一边看一边等待夜莺歌唱。这颗星星像一颗珠宝，像美妙歌声中跳动的火花，像一位少女那样静静聆听鸟鸣啁啾。等星星从西边落下，鸟儿不再歌唱的时候，瑞如一下子变得孤独而悲伤，像一个四面环海、无人造访的孤独小岛。

一天，天空中有朵朵白云点缀，瑞如正往森林外走着，路上遇见了一位头发稀疏、留着胡子的老人。老人跟他打了招呼，准确地叫出了他的名字，然后跟他说了几句听起来像谜语的话。接着老人问他，世界上种种事物千千万，他最希望拥有哪一个。

瑞如想了一会儿，说：

"如果天空中那颗闪烁着银色光芒的星星会从天上下来跟我走，这样我白天夜晚都能赞美她的美貌，我就是地球上最幸福的人了。"

老人听罢,指向不远处的高山,让瑞如去睡一晚,然后对他说:"如果你真的希望美丽的银色星星为你一人所有,而不让别人赞赏,我就满足你的愿望。"老人讲完,轻柔地哼着歌走了。

　　瑞如从森林爬上高山,比以前更渴望夜幕降临,更渴望看到群星闪耀。正午时分,他坐在树荫下乘凉休息,因为疲倦而闭上了双眼。瑞如想唱首歌告诉大家银星和她的美貌从此仅为他一人所有,但他一想到世上没有别人留意她的美貌就很苦恼,左思右想也找不到合适的词来吟唱。最后他只想出了这么几句:

　　　人们痛苦惆怅,
　　　人们彷徨凄凉,
　　　恶语像箭一样使人受伤,
　　　无人因你悲痛而慌忙,
　　　天道有常,美丽的星光。

　　　夜晚沉寂又安宁,
　　　没有哭泣,没有欢笑,
　　　空空白日间的夜晚,
　　　美丽的银星闪烁光芒,
　　　星星姐妹手拉手歌唱,
　　　"地球人梦中毫无理想"。

　　天快黑的时候,瑞如沿着碎石小路爬上山顶,来到老人指的地方躺下,盯着西边天上火蛋白石一般的光芒,看着天空从海蓝、金色和橙色变成了粉色,然后等啊等,等到天空中出现了星星。

他时不时地哼唱那首歌的后半段：

> 夜晚沉寂又安宁，
> 没有哭泣，没有欢笑，
> 空空白日间的夜晚，
> 美丽的银星闪烁光芒，
> 星星姐妹手拉手歌唱，
> "地球人梦中毫无理想"。

等到星星终于开始在夜空中闪现，瑞如却没有看到银星，因而特别失望。他仔细找啊找，想着她可能藏在某片叶子后面了，但不久他就知道她的姐妹们并没有带上她。瑞如仰望着天空，最后又是疲倦、又是伤心地睡着了，为失去了最宝贵的东西而流泪。

他睡着的时候做了一个奇怪的梦，梦到地球沉浸在一片耀眼的白色光芒之中，其中还有好听的乐声，听着就会身心舒畅。他梦见自己飞上高耸的云端进入天堂，还能看到脚下遥远的地方，有无数光亮的圆球在优雅地旋转；他穿过黑暗无边的空间和裂隙，看到新的星星；他从一处虚无飞到另一处虚无，看到一幅绚丽壮观的星际图。然而看过这一切景象，他的心情依然沉重不已，因为无数星云之中仍然没有银星。不过他仍能感受到一股哀伤的欢乐，因为他感觉自己像一条拉得紧紧的线，跟周围的乐声和谐地共同颤抖。梦到这里，他一下子惊醒过来，看到身边站着一位身穿白衣的女子，美丽的眼睛深入人的灵魂，含情脉脉地看着瑞如。

"瑞如，起来吧。"她说，"我来到这里，正是要为你欢呼、为你歌唱，为你抚平悲伤。我就是那颗银星，以后你可以永远把我留在你的身边了。"说着说着，她越变越小，最后小到瑞如一个手掌就能托起她。

瑞如成了地球上最幸福的人。他想找一个漂亮的小盒子藏着他的宝贝，但是找不到合适的，只有个精雕细琢的葫芦。他把葫芦里里外外清理干净，看不见一颗沙子，把它放在干净的地方，放在银星身边。银星踩了进去，轻巧地躺在一片用绿色苔藓做成的床上。那一天瑞如四处奔走，常把葫芦的盖子掀起来看着银星。发现银星也看着他，瑞如很是欢喜。每次他这么做的时候，就能听到一阵心驰神往的音乐，每次听到，瑞如就会感觉自己成为万事万物的一部分——成为天堂、繁星、太阳和月亮的一部分，在动物遍布的森林，每棵树上、每个湖畔边，都有他的身影。

银星不分白天黑夜跟瑞如讲奇特的故事，其中有一个故事最让他感到悲伤：他会在某一天把银星的双眼当做自己的双眼，银星因此不能看到其他美丽的事物，只能生活在黑暗之中，而那一天就是他们要分别的日子，银星终究会变成他一部分痛苦的回忆。每次听完这个故事，瑞如都会想很长时间，然后以一阵大笑结尾——瑞如告诉银星，再锋利的剑都不可能切断他们之间的缘分。

有一天，银星对瑞如说，如果能去天国看一看就再好不过了。瑞如听了很高兴，于是按照银星的吩咐，坐在棕榈树的叶子上，让银星从葫芦里爬出来，又把这只葫芦带在身边。银星拿起一根小棍子碰了碰树干，棕榈树很快地疯长起来，把他们带到高耸的云端，这里没有树木也没有动物，连小鸟和花儿都看不见。银星对瑞如说，在这里等她，一会儿她就回来，说完就匆匆走了，瑞如一直盯着银星散发的光芒，直到光芒彻底消失在远方。

很快，瑞如惊奇地发现，有一座五光十色、尖塔闪闪发亮的城市出现在眼前。城里充满欢声笑语，人们弹奏着各种乐器，年轻男子和女子载歌载舞。很多人邀请瑞如跟他们走，不久瑞如跟随他们来到一座宏伟的金碧辉煌的大厅，然后随着大家一起愉快地跳起舞来。乐声越来越疯狂，混杂了各种声音，宛如沸腾的洪水流向四方，瑞如兴奋地唱着跳着，大脑热了起来。这时，各个阴暗的角落都跳出了邪恶的猛兽——蝙蝠，讨厌鬼，目光凶悍的食尸鸟，尾巴断掉、浑身污泥的蟒蛇，还有巨大的白色蟾蜍，浑身是柔软的粘液。这群猛兽喧闹着加入了这场乱舞，奇怪的乐声越来越大，还有更恐怖的东西出现。瑞如觉得耳朵快要聋了。他飞一般地逃离了乱哄哄、恶魔猛兽混合的人群，赶回原来银星离开他的地方。

她还在那里等着他，但她那含情脉脉的眼睛充满了悲伤的泪水。她温柔地呵斥了瑞如，"你应该等着我……你去的地方很危险。"瑞如耷拉着头，心中充满惭愧和悲伤。他知道这样做了，银星就会离开他的。毋庸赘言，他们之间的缘分已经断了。他们只好紧紧握住对方的手，因为他们知道别离即将到来。

"去吧，瑞如。"银星说，"道路曲折漫长，你要努力坚强，我们才能相见。如果有死亡的威胁，如果有危险恐怖的黑暗，记得我永远是你的依靠，我亲爱的瑞如，只有真诚才能让我们孱弱的爱情得以复苏。"

瑞如回到人间，依然渴望找到一度丢失的银星。他跟族人讲了自己的经历，坚持要找到那颗属于自己的星星。苦苦寻找之后，他终于找到了。她闪烁着智慧的光芒引领着瑞如，美丽优雅地盖过了他的往事。

11. 温柔民族的故事

　　让我想想从哪里说起才好——就从我爬安第斯山那次说起吧。记得当时我从东面爬山，看到湖边有一栋木房子，里面住着两个孩子，一个叫胡安，另一个是他的姐姐，叫胡安妮塔。姐姐9岁，弟弟7岁。他们不知道世上还有可以读书写字的学校，而且距离他们最近的房子在50英里以外，周围并没有能陪他们玩耍的孩子。但他们有很多书，也会读书写字，所以并不感觉生活无聊。他们住的附近有一条湖，湖水并不深，离湖边有一点距离的地方有一个小岛。小岛就是两个孩子的游乐场，他们经常一大早就划船上岛，在岛上尽情玩耍一天，傍晚才回家。

　　有件事情挺有意思。发现他们姐弟俩的第二天，我看到他们养了一头灰色的鸵鸟。这只鸟他们已经养了两年，名字叫迪莉西娅。胡安骑着它奔跑的时候，鸵鸟像大船伸开双桨那样展开双翅，在草原上大步划着"之"字形绕圈。要说它想飞，还不如说它更在乎背上的孩子。不知道为什么，那里的大鸟害怕小孩，比猫见了你就躲着走还要怕。孩子们知道哪里看得到猩红袍子的火烈鸟，哪里看得到草绿色加紫罗兰色的燕八哥，哪里能听到田凫发出敲鼓一样的隆隆声，哪里又能看到羽毛长到一寸长、白灰相间的飞燕，还有红色的灶巢鸟。但他们最喜欢的宠物是羊驼，它个子高高，一副骄傲的劲头，浑身黄白色，像一只没有驼峰的骆驼，大小跟一头驴差不多。它叫做坎培翁，孩子们自打记事儿起它就在这儿了。孩子们的父亲养了一群羊，他第一次发现坎培翁的时候，它还没有狐狸大。父亲把它带回家之后，大家都把它当羊养。胡安和胡安妮塔趁它躺着晒太阳的时候，总是喜欢跳过羊背，还喜欢把小脸蛋埋进它金色的毛里面。他们有时候抱着它长长的脖子不松手，有时候又缠着它跟它打闹；然而它玩累了就会起身走开，找一个安静的地方待着。孩子把它当马来用，还用它拉小马车，坎培翁有时候愿意这么做，有时候不愿意，不愿意的时候只要甩一甩头跑起来，马车就会翻过去，孩子们只好从柔软的草地上爬起来。这会儿它就不用拉车了，一蹦一跳地跑到一个小山丘静静地站着不动，远处看着真像另一座小山丘。

有一天，我的同伴带着猎枪出去打猎，走在路上正好看到老坎培翁站在一个高高的石头上。同伴以为那是凶猛的野兽，跟其他带着猎枪的人一样，毫不犹豫就开了枪，结果坎培翁受了很重的伤。坎培翁瘸着一条腿蹒跚回家，很奇怪为什么有人会这样对待它。胡安和胡安妮塔看到它受伤，特别伤心，他们的父母也很难过，尽全力给它治疗受伤的腿。我的同伴看到这一幕更是伤心。有一段时间，坎培翁看上去好点了，但过了几天伤势又重了，一整天都待在房子遮阴的地方休息，不愿意吃草也不想喝水。它那修长美丽的脖颈还是骄傲地直立着，眼睛遥望着南方。第二天到处找不到受伤的老坎培翁，我们站在它曾经伫立的山丘上向远处望去，几英里内都没有它的身影。我和同伴、胡安还有胡安妮塔带上望远镜前往郊外更远处寻找；下午我们给马上鞍，飞驰过几英里，来到一片东西方向的沙地，才找到坎培翁一路朝南走的痕迹。我们满心哀伤回到家，知道再也见不到这头温柔的野兽了。

为什么呢？如果你读过一千零一夜就会知道，辛巴达和水手那篇故事里讲过，曾经有一个美丽的山谷，山谷里是成千上万副大象的白骨。这个传说是真是假我并不知道，但我知道巴塔哥尼亚南部有一个大山谷，名叫加耶戈斯山谷，感到气数将尽的羊驼都会回到那里埋葬自己。美丽的坎培翁尽管从没见过那个山谷，但它觉得一定要找到，因为它重病又受了伤，所以趁月光明亮的夜晚，趁我们还在睡觉便静悄悄离开了。胡安和胡安妮塔不会眼睁睁看着坎培翁死去——因为他们对羊驼谷的故事深信不疑——就像你我熟知灰姑娘的故事一样。当晚我们谈论坎培翁的时候，一个马倌跟我们讲了另一个故事：

很久很久以前，这片土地上还没有马，只有巨人和一个温柔的民族。这个民族并不知道疾病、痛苦或者愤怒，他们散居在动物当中，好像鸟儿飞进花园的鲜花丛中那样自然和谐。他们中的男人心地善良，女子比现在地球上任何一位女子都要美丽。他们的土地上鸟儿色彩鲜艳，花香甜蜜，阳光从来不会炽烈，风儿从来不会寒冷。更美妙的是，这个温柔的民族有一种特殊能力，这种能力可以把鲜花变成颜色鲜艳的鸟儿。

这里经常有盛大的集会，集会上人们到王子面前欢聚一堂，王子坐在镶嵌着各种名贵宝石的宝座上。人们爱戴他的纯洁善良，也爱戴他过人的智慧。王子的智慧使他拥有很多金银财宝，但王子经常把这些宝物分给年轻人，那时大家欣赏的是这些绚丽多彩的宝物，而不是它们值多少钱。各种动物聚集在大家周围，处处是歌声，到处色彩缤纷，空气中飘着树木和花草野果的芳香。每次集会时，每个人不论有什么愿望都会成真。但说真的，已经尽善尽美的地方，似乎很难再许愿得到什么别的了。

在这里，只有一件事不能做——绝对不能一路向北走，走到看不见南十字架上的星星的地方。此前有人奔波旅行多天以后，回来告诉同伴，北方尽头有一片巨大的黑森林，那里生活着凶恶的人们，做尽坏事。然而有一天，温柔民族里有一个人看到一只奇特的鸟，特别美丽，胸前闪烁着绿色、蓝色和金色的光，白色的尾巴上长着长长的羽毛，散发着象牙一般的光泽。看到鸟儿的人名叫卡帕，他很奇怪为什么鸟儿看见他就飞走了。没什么鸟儿他摸不到、碰不到的，所以鸟儿越是躲着他，他越是想要捉住鸟儿带到王子那里。卡帕跟着怪鸟从一个地方跑到另一个地方，总是想着要捉住这只鸟——他并不知道鸟儿害怕他，因为这里的人们并不懂得恐惧，这里跟他们一起居住的动物也并不懂得。最终鸟儿带他来到黑森林边缘。卡帕抬头，看到天空中从没有看过的星星，感觉很奇怪，但他还是跟着鸟儿进了森林。林中的树木又高又壮，枝叶繁密，白天太阳照不进来，夜晚也看不见星星。

一天，他来到一个地方，长着黄色头发和像狗一样牙齿的人们把他包围了起来。卡帕以前没见过这样的人：他们像凶猛的狗一样撕咬着动物吃掉肉，从活的动物身上扒下皮毛穿到身上。更可怕的是，这些黄毛人把卡帕抓了起来，抢走他金银线编织的美丽的袍子，摘掉他头上的羽毛，抢走上面装饰的红宝石。更让他惊讶的是，他们为了争抢从卡帕身上扒下来的东西而扭打起来，那件袍子因此被撕成碎片，被他们踩在脚下。看到这些，卡帕飞奔跑出森林，连夜赶回自己的故乡。

回来之后他向王子讲述了一切，王子听后一阵伤心，他无奈地对卡帕说：

"你去的是滋生贪婪和自私的地方，那些人不会对我们友好相待。哪一天这些野蛮凶悍的黄毛人找到我们，就会把很多邪恶的东西带到我们当中。他们绝不会善罢甘休的。"

王子召集了自己的人民。像往常一样，他们载歌载舞，头戴鲜花，身后跟着各种动物蹦蹦跳跳，飞翔着、唱着歌。突然间大家安静了下来——他们都看到了金色王子眼中的悲哀。

王子把卡帕的所见所闻告诉了温柔的人民。卡帕站在王子身边，唱了一首悲哀的歌谣。人们就此了解了黑森林邪恶的一面，温柔人民的心变得跟金色王子一样沉重。王子告诉他们，如果他们选择战斗，他就会把他们武装起来，带他们上前迎战黄毛人。"但是，"王子接着说，"一旦参战，就会给别人带来伤害和死亡，这样你们自己就会反目成仇。大家会跟动物势不两立，动物也会这么对待我们。今后你们就要独自在这片土地上生活，所有的动物都会躲着你，藏在你看不见的地方。地球上那些你现在看到的、明亮闪光的东西，你可以决定留下或者拿走。但是你不再会欣赏它们，而是要把它们藏在盒子里、石头下面，这样其他人就看不到。"刚说完，王子抓起一把钻石、红宝石、祖母绿和金沙，让他们传看。这些宝物像一股股小瀑布那样，在阳光下闪闪发亮。

温柔民族担心发生那样的事情，大家你看看我，我看看你，直到意见统一、心中毫无疑惑之后，大家决定跟随王子的决定。"好吧，"他们说，"我们要改变自己，哪怕我们离开这里，也不能伤害这里的动物。"

接着，王子召集大家听他指挥，准备行动。果然，就像王子说的那样，黄毛人冲出了森林。王子迅速带走了他的人民以及身后跟随的动物，走了很远来到一处巨大的、旁边还有一条河的山谷。王子告诉大家，他会把他们变成另一种生物。这种生物不会咬人，不会抓人也不会喷吐毒液，完全无害，随后他就把大家变成了羊驼这种骄傲而优雅的生物，皮毛像族人穿的金色和银色的袍子那样。他看到子民同动物们和谐共处，最后也把自己变成了一头更加美丽、强壮的羊驼。

　　所以直到今天还有这样的说法：每当看到一群羊驼，就会有其中一只像一座小山丘那样，站在高高的岩石上瞭望，以防黄毛人进犯。最后王子羊驼死去的时候，他回到了那个山谷，看到山谷中他的子民——沉睡于此，就像你在书里读到的那样。羊驼长期待在那个山谷里，直到老去。此外我们不要忘记，一头羊驼死掉，就会长出一朵天蓝色的花，花瓣有金色的尖尖。当最后一只羊驼死去的时候，黄毛人就会消失。那一天，每一朵蓝色的花儿都会垂下花朵向旁边那朵花儿弯下腰，一个个伟大的灵魂就此诞生，它也正是羊驼的灵魂，蓝色带着金色尖尖的灵魂。从那以后，温柔民族会重新获得他们的土地，善良、温柔、美好和欢乐又会重新回到他们身边。

12．一枚硬币听一个故事

　　我和鲍勃出海航行已经有一段日子了。我们两个划着船，有时溯游而上，有时顺流而下，有时沿着蜿蜒的河道随着海风和潮汐漂流，有时会在海湾和岸边歇一歇。有一次我们穿过一处S型的海峡，来到一片宁静的海湾。这里水面如镜，清澈见底，石头上的水草随水波摇曳，游动的鱼儿反射出奇异的绿光。幸运的是这片海湾水比较深，我们不至于搁浅。沿着一条深入陆地的水道划去，我们发现这是一条小溪，溪水清凉，从山上汩汩流下。小溪越来越窄，顺水再划下去就会越来越困难，当水面跟船一样窄、两枝桨快要划上青草地时，我们只好停下船上了岸。

　　第二天早晨，我们整理好船上的东西，把船藏好就出发了。我和鲍勃爬上高高的山脊，看到海天一色，周围小岛遍布，海峡狭窄而又错综复杂；然后，我们沿着一条陡峭而狭长的山坡走下山去，来到一个风景如画的小山谷。这个地方我们越看越喜欢：山谷里有绵绵的青草，成排的果树，清凉的小溪，还有可以躲避风雨的小木屋，四周安静宜人；不远处有几匹马在奔跑，远处蔚蓝色的山峰上，隐隐约约有牛羊在吃草，还能听到孩子们的欢笑。我们循声走去，很快来到几座小木屋前，四座小木屋相距不远，都用黄色的灯芯草覆盖了屋顶。我们看到几个孩子正在跟一头羊驼一起玩耍，房门前还有一位面色黝黑发红的老妇人，坐在一张铺盖着灯芯草垫子的椅子上，虽然她满脸皱纹，四肢却像年轻人一样结实有力。孩子们看到我们便撇下羊驼纷纷跑了过来，他们纯洁善良的眼睛里充满了好奇。

我们准备在这里休息几天。夜幕降临时，打猎、打渔和放牧归来的年轻人围着我们席地而坐，满天繁星下，大家有说有笑，氛围轻松愉快。我们很快跟当地人打成一片，像其他旅行者一样讲了一路上见到的奇闻异事，比如我们是怎么过来的，为什么要来这边，之前又做了些什么，等等。而当地人就会跟我们讲他们民族的故事，我们没有听明白的地方，他们有时还会重新讲一遍。

当地人来自智利，讲西班牙语。从老妇人那里我们得知，她的丈夫是一名士兵，曾经在埃斯梅拉达号战舰上服役。当时智利正在跟秘鲁交战，埃斯梅拉达号被另一艘战舰击沉，船上有一百多位士兵罹难。幸运的是她的丈夫活了下来，虽然没有受伤，但还是历经千辛万苦才游到了岸边。他上岸后四处游荡，找到了我们今天来到的山谷，跟另外三个漂游上岸的战士成了好朋友，从此远离了厄运以及残酷的战争。"感谢上天，"老妇人略微举起双手，"因为上天的恩赐，我们族人才有了今天的和平与安宁。"

随后，孩子们开始吱吱喳喳要听老妇人讲最有意思的那一段故事。孩子们恳求老妇人，一定要跟这两个陌生人讲这个山谷怎么形成的，为什么这里有条小河，小河两岸为什么有茂密的森林，还有别德马湖为什么是一片咸水湖。"因为这是故事最有趣也最奇特的地方，西班牙绅士也会讲呢。"孩子们说。然而老妇人却摇摇头，点燃一根香烟说，这个故事是她从一位非常年老的印第安妇人那听来的，而这位印第安人又是听她的家人讲述的。故事代代相传，是真是假，没有人能说得清楚。然而孩子们又说，不管故事是不是真的，总归是个好听的故事，所以他们一再恳求老婆婆讲一讲，那个抱着蓝眼睛小猫的小女孩尤其急切。最终老妇人还是跟我们讲了这个故事。听完故事，我了解到此前还没有人把这个故事记录下来，如果我也不记在这儿，以后可能就不会有人知道了。

　　很久很久以前，别德马湖南部住着一个女巫。这个女巫邪恶而又刻薄，她的房子在群山脚下，由大石块堆积而成，一共有三个房间，女巫自己住一间，另外两个房间分别关着一个男孩和一个女孩。每天太阳升起之后，巫婆就让男孩去花园里玩，太阳落下之后就把他关起来；女孩则相反，巫婆每天等到太阳刚升起来就会把她关起来，太阳落山之后则放出来。所以男孩从来没有看过黑夜，女孩从来没见过白天，男孩女孩也从来没有相遇过。

　　男孩渐渐长大，也越来越调皮。有一天，他像兔子一样从石头房屋底层挖出了一个洞，这个洞可以通到石头房外面，这样他就还能在外面的暮色中多待一会儿，看着萤火虫像绿色的星星一样飞舞。夜色更深、逐渐无法分辨出周围轮廓的时候，他害怕黑暗中会突然冒出什么可怕的东西，于是沿着地道爬到石头房里面。除了巫婆之外，男孩没有见过其他人；他见过的马，就像我们嘈杂的街道上拉车的马一样。然而男孩不知道夜空中还有成百上千的星光在闪烁，也不知道南十字架星座耀眼的光辉标志着什么。

　　一天晚上，男孩刚刚爬出地道，就看到一个浑身白色、长着长长黑色头发的东西，温柔地盯着他。那个东西向他走来，周围飘散着一层灰色的薄雾，薄雾中还有别的东西时隐时现。男孩惊呆了，以为那团白色的东西是恶魔，马上捡起一块尖厉的石头想要砸过去。然而他太害怕了，转过身飞一般地沿着地道跑回石头房，一下跪坐在地板上哆嗦着不敢回头看。他慌乱中找到一块平整的大石头压住洞口，担心那只长发怪物会追过来杀死他。而那个女孩看到奔跑的男孩也很害怕，浑身颤抖不停，不由得想象白天会有好多奔跑的动物在屋外胡作非为。

第二天清晨，女巫把女孩关进屋子之后，打开男孩的房门带他出来。看到男孩眼中的恐惧，女巫惊讶不已——其实，昨晚男孩撞见长发"怪物"之后，害怕得根本睡不着，有个风吹草动就会被惊醒，生怕那个怪物沿着地道爬到他的屋子里。

这天白天，男孩努力从山上扛下一块大石头，想堵上地道出口。不过石头太沉了，路又远，他搬了一整天才勉强把石头滚到洞口。然后他想找巫婆带他回屋，结果哪里都找不到巫婆。

事情是这样的：当晚巫婆在打开女孩的房门放她出来之后，又想起白天在男孩眼中看到的恐惧，她就去翻了翻男孩的房间，想看看是不是有什么可怕的东西。她刚走进石屋就踩上了那块平整的石板，然后发现了地道的洞口。巫婆大为吃惊，于是使使劲爬了进去。这个地道毕竟是孩子进出的地方，对于巫婆来说还是太小了：有的地方太低，她要扒掉头顶上很多的泥土才能过去；有的地方太窄，她还要把石头搬开才过得去。巫婆很快爬到了洞口，刚把最后一块石头搬走，洞口就滚下来好多碎石和沙子，泥沙越滚越多，最后随着一声巨响滚下一块巨石，差点砸到巫婆——这块巨石正是男孩从山上搬下来的。就这样，巫婆被死死卡在地道里，前面的路被巨石堵上了，怎么推也推不开，她又不记得回去的路怎么走。巫婆就这样被困在地道里，所以天黑的时候男孩才找不到她。男孩眼见就要天黑，赶紧跑进石屋，看到地道口大开，石板歪在一边，很是奇怪。他把耳朵凑近洞口仔细听，好似听到了一些奇怪的声音。因为害怕长发怪物钻出来，男孩又搬起石板堵上了地道口，上面还多压了几块石头。然而，房间那边，习惯了黑暗但是依旧孤独的女孩看到有一扇开着的房门就走了进去——这时男孩看见了自己最害怕的东西！男孩只见过白天，只要有金色的阳光，他什么都不怕；但是到了月光微弱的黑夜，万物的轮廓都有些模糊，这种不真实的感觉使他不由得害怕起来。所以一看见女孩的影子，他都不敢仔细看就举起双手飞快地跑到花园里去了。

眼前的一切寂静而又可怕，恍惚中又有窃窃私语。男孩浑身哆嗦，黑暗中的世界他并不熟悉——他熟悉鸟儿和鸣、昆虫窸窸窣窣、树叶轻轻摆动的白天。在月光下，白天那个绿色的世界不见了，天空也没有让他充满勇气和力量的光芒，只有一个看似柔软却一片漆黑的屋顶，闪烁着奇特的亮光。他能在白天飞快地奔跑，黑夜里这双腿却绵软无力，身旁的树木和灌木丛像怪物一样竖立着。他一边踉踉跄跄地跑一边回头看，害怕那个长发怪物跟过来。他还没跑远，脚踝就绊到了一根藤蔓，另一只脚踢到了树根，一头撞在树干上，眼前闪烁的天空疯狂地旋转了几下之后，变成了一团昏暗。男孩重重地摔倒在地。

不知道过了多久，男孩隐约感觉脸上有清凉的溪水，还有一双柔软细腻的手。他头晕又疲惫，以为自己还在做梦，迟迟不敢睁开眼睛。之后他微微睁开双眼，看到一个女孩弯下腰看着他，柔软的头发像云一样，随着微风像拳曲的丝草一样飘动。他刚想看看女孩的脸，想看看她是不是温柔、是不是善良的时候，却一眼瞥到明亮的月亮——那一轮巨大而冰冷的月亮，快速地在云中穿行——男孩又害怕起来，顿时感到一阵晕眩，又昏了过去。这黑夜里，一定有什么邪恶的东西偷走了天空中的温暖，让鸟儿纷纷死去，花儿相继枯萎。

男孩又闭上了眼睛，还在跟内心的恐惧搏斗。这时女孩说话了，她的声音温柔动听：

"这个地方没有其他人，难道我不能做你的朋友吗？你不愿意把我当朋友吗？你要是真把我当朋友，为什么总是躲着我呢？"

男孩听了这些话高兴起来，顿时不觉得害怕了。长期以来，尽管他总是跟自己说不要害怕，但是他孤单一人很久了，很想要个朋友。然而这黑夜似乎漫漫无边，天空中的星星和黑夜间的影子使他害怕。要是闭上眼睛那就一切都好，一旦睁开眼睛看到这个黯淡无光的世界，他心里就又涌现出难以忍受的痛苦。但他还是像一个男子汉一样，勇敢地开了口：

"你当然是我的朋友！走吧，让我们离开这个黑暗的世界。"女孩听了，知道男孩要一起逃离巫婆的石屋，马上牵起他的手说："好啊，我们走。"

男孩站了起来，双手捂着眼睛说他准备好了。女孩说，巫婆在一个空树干里藏着打火石，鳄鱼曾经告诉她这是颗有魔力的打火石。鳄鱼还说，这种魔力并不只是砍树的能力，但究竟是什么、能干什么用，它也不知道。女孩说，他们带着打火石一起走也许会有用处。

女孩说完就去找打火石了。她刚走，男孩就觉得非常孤单。他坚强地睁开眼睛看了看，发现周围仍然是冷冰冰、一片沉寂的黑夜，于是又闭上了双眼。男孩隐约听到巫婆一两声尖叫，声音像被堵住嘴巴似的，很是奇怪。难道她因为深陷这个黑暗的世界而觉得快要死掉了吗？同时，他还听到猫头鹰忧伤而庄严的叫声。

这时女孩回来了。她把打火石递给男孩，牵起他的手往前走。男孩很高兴，却还是不敢睁开眼睛看月亮。女孩以为他看不见东西，于是手牵着手，带着男孩走过遍布尖利石头的山间小路，穿过浓雾笼罩的沼泽。路不好走的时候男孩就背起女孩，尽管他还是不敢睁开双眼，却十分信任女孩指的路。

聪明善良的女孩不惧怕黑幕般的夜晚，勇敢的男孩渴望着漫漫长夜快快过去。清晨的太阳又一次冉冉升起，男孩快活地叫了起来，对女孩说："现在我什么都不怕了，也有劲儿了。是不是打火石的魔力出现了！"

然而女孩说："啊！我担心那块石头会给我们带来厄运。我们把它扔了吧。现在我觉得浑身乏力，好像快生病了一样。我好害怕。天空怎么这么亮这么蓝，我都快受不了了。"

听了女孩的话，男孩轻轻笑了两声，跟女孩说："相信我。"女孩虽然安心了一些，但还是很害怕。升起的太阳把天空染成了一片玫瑰红样的金色，成百上千只鸟儿醒来了，开始歌唱，男孩心中渐渐充满了快乐。然而，女孩以前没听过也没有见过这些，心中充满了痛苦和恐惧，她一边哭一边用双手捂住了耳朵。她的眼睛因为天地间越来越强的光亮而感到刺痛。女孩在恐惧中挣扎，不由自主地想回到黑夜中去。太阳升到了空中，男孩欣喜若狂，女孩则感觉晕眩。她对男孩说："走吧，我的朋友，别管我，我会被太阳晒干的，会死掉的。我不能去那像火一般明亮的地方，我的眼睛很痛，头像着火了似的。黑夜为什么完全消失了？！"

男孩听了女孩的话很伤心，以为她要走了。男孩摘下嫩绿色的树枝，编成一顶草帽戴在女孩头上，为她遮挡阳光，然后抱着她，在阳光下唱着歌、安慰着她。但看到女孩脸色苍白、浑身发抖，他还是感到难过。正午时分，天空最亮、空气最热的时候，男孩带女孩来到一处阴凉的地方休息。男孩用树叶和苔藓做了一张毯子给女孩坐，还给她摘了浆果和野果吃，又用树叶盛了一点凉爽的溪水给女孩喝。

黄昏时分，男孩女孩都不再感到害怕。女孩因为度过了一个白天而变得更加勇敢，男孩因为度过了一场黑夜而不再悲伤，他们手挽手笑着向鲜花盛开的平原走去。

他们忘记了被碎石和泥土埋在地道里的巫婆，以为巫婆自己被困住而动弹不得——事实上并非如此。巫婆被困在地洞里之后，怎么都走不出去，就想到了别的方法。她使劲儿往地道上面顶，顶出一个小山丘后，继续往上爬，最后终于爬了出来。她站起来抖掉身上、眼睛和耳朵里的泥土，去找男孩和女孩，可是哪里都找不到他们。最后还是鳄鱼守不住秘密，把男孩女孩的行踪告诉了巫婆。气急败坏的巫婆急忙去找她藏起来的打火石，却发现已经被拿走了。她勃然大怒，但也很害怕那块有魔法的石头，因为无论是谁只要扔出石头就能置人于死地。她疯了一样又跳又叫地离开了那个空树洞，大步跳着回家，拿出一副弓箭，跑到山顶上站着。她朝山下望去，看见男孩和女孩正要走进山谷。

巫婆知道一旦被群山笼罩自己就没有办法施展巫术了。那一带山谷遍布羊驼，巫婆看到两个孩子时，羊驼正在跟孩子们讲巫婆的事情，羊驼叫他们赶快翻过山头，别让巫婆抓住。男孩女孩手牵手飞奔过山谷，就在他们快到安全地带时，巫婆像一匹马一样加速前进，射出的箭飞一般向他们扑去。

上百只羊驼高高扬起骄傲的脖子，闪烁着温柔而富有爱心的眼睛，把男孩女孩围起来，跟着孩子们一起奔跑，这样巫婆射出的箭就不会伤到他们。许多善良的羊驼就这样为了保护孩子丢掉了性命。

巫婆看到成群的羊驼，又想出了一招。她拿出一支箭射向天空，对着箭施了法术。箭飞过羊驼群，深深扎进了男孩和女孩前面的土地。大地瞬间裂成了碎片，每一块都比蛛丝还细，每个碎片迅速生根发芽，长成了一棵大树，很快广阔的平原上便长出了一片茂密的森林，无论谁也过不去。巫婆借机跳得更快了，步步逼近男孩和女孩。这时男孩女孩的动物朋友纷纷围上来，堵住了巫婆的去路。巫婆的头上和身体上爬满了刺猬，使她动弹不得。山谷边上，一只漂亮的美洲豹出现在男孩女孩的面前，提醒他们用手里那块打火石。

男孩把石头拿出来，用尽全身力气扔了出去。打火石带着嗡嗡声飞过天空，巫婆听到声音尖叫起来。石头快速飞向森林，刚碰上树冠就开始左右摇摆，好像有一个看不见的巨人在砍树一样，很快便砍出一条笔直的小路，直通山谷。羊驼又把男孩女孩围住，带着他们穿过那条小路。打火石砍出一条路之后，很快掉了下来钻进地里，越钻越深，最后钻进一个深水湖，紧接着一条泉水沿着打火石钻出的地道喷涌而出，顺着林间小道流淌过茂密的森林，流到巫婆身边，包围了巫婆。巫婆唯一害怕的就是水，然而这股急淌的溪流越来越深，最后终于浸湿了她的双脚，巫婆便像烈日下的糖块一样，不久就融化了。

"溪水流淌得越来越远，最后形成了拉马德湖，那座稠密的森林就是你们眼前的森林。男孩和女孩后来结婚了，就在我们这个地方生活了很多很多年，他们身边总是伴有很多鹿和羊驼。原来那个恐怖的故事像捱不过冬天的鸟巢一样，很快被人忘得一干二净。"

老妇人说完，披上一件白色的羊毛披风看着我们。过了一会儿，她说，这个故事她给四个人都讲过，每个人都很喜欢，所以都给了她一枚银色的硬币。

"来，我给你看。"她很高兴地站起身走进屋内，回来的时候手掌心托着四枚银色的硬币。有一阵子我们俩都沉默了，周围的人们假装漫不经心地点燃烟卷吐起了烟圈，马刺叮叮作响。老妇人又开口了："有一天一位英勇的骑士听到这个故事，四枚硬币就会变成五枚。"

我觉得自己也称得上勇敢，也想表现得像绅士一样，于是又为她添上了一枚硬币。后来我觉得掏这一枚硬币很值得——要说在这么一片宁静的地方歇歇脚休息一宿，也要花好几枚硬币吧，更何况这里的人们诚实又单纯呢。

13. 神奇的结

　　从前有个叫波拉克的男孩，人们因为附近一位睿智的老妇人的预言，都把他称作王子。他出现的场合也的确特殊：有一天，到湖边采果子的男人看到湖岸有一块闪亮的白石头，走近了才发现那是只丝草编织的精致篮子，里面垫满了洁白柔软的羽毛，羽毛上躺着一个小男孩。男人提着篮子带孩子回家，他家原本就有三个孩子，他们因为多了一个玩伴而欢呼雀跃。现在他和妻子一共要照顾四个孩子，忙得不可开交。但说来也奇怪，自从多了波拉克以后，家里事事顺心。这对夫妇像对待亲生孩子一样对待波拉克，波拉克在这对夫妇的照看下小脸红扑扑的，跟其他孩子一样长得健康壮实。

　　现在这家有两个女孩、两个男孩，每天都过着快乐的生活。然而，波拉克似乎比其他三个孩子要看得多、想得远。说他看得多，并不是说他视力好——这一家住在群山脚下，空气清透洁净，每个人视力都很好，远处的事物即便透过草叶也能看得一清二楚——波拉克能看到平凡事物蕴含的美丽。他跟别人说落日的余晖色彩缤纷，湖水湛蓝，阳光在溪水上闪耀，山丘绿草如茵；他还跟别人说鸟儿的歌声悦耳，然而当地人打小听着鸟鸣长大，已经忽略了歌声的美妙。有一天，波拉克学鸟叫，结果每棵树、每个灌木丛中的鸟儿都开始跟着他叫，形成了一阵优美动听、层次丰富的和鸣，乐声直抵人心，人们心中洋溢起无限的欢乐。

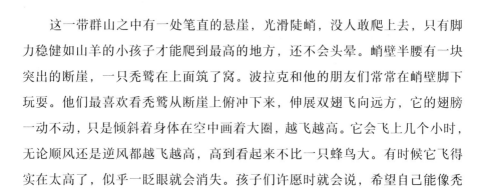

这一带群山之中有一处笔直的悬崖，光滑陡峭，没人敢爬上去，只有脚力稳健如山羊的小孩子才能爬到最高的地方，还不会头晕。峭壁半腰有一块突出的断崖，一只秃鹫在上面筑了窝。波拉克和他的朋友们常常在峭壁脚下玩耍。他们最喜欢看秃鹫从断崖上俯冲下来，伸展双翅飞向远方，它的翅膀一动不动，只是倾斜着身体在空中画着大圈，越飞越高。它会飞上几个小时，无论顺风还是逆风都越飞越高，高到看起来不比一只蜂鸟大。有时候它飞得实在太高了，似乎一眨眼就会消失。孩子们许愿时就会说，希望自己能像秃鹫一样翱翔天际，还能划大大的圈，打着漂亮的弧线自由自在地俯冲下来。

一天，波拉克和三个兄弟姐妹就在峭壁下玩耍，一个女孩子指着峭壁上的一条裂缝大叫起来。大家顺着她指的地方看了过去，发现那边果然有了麻烦：裂缝里，一只羽毛斑驳的大猫头鹰，双眼圆睁站在石头尖上，正对着下方的鸽子窝。孩子们觉得猫头鹰在说："啊，我看到你了小鸽子。我的爪子像针一样尖利，我的喙分分钟把你撕开，鸽子肉好吃啊，我这只猫头鹰也饿了。"

这一幕谁见了都会害怕，更不用说四个孩子了。孩子们开始大喊大叫，朝猫头鹰扔石头想把它吓跑，但根本没什么用。石壁上的鸽子窝离他们太远了，峭壁又陡又光滑，谁都爬不上去，四个孩子只有眼睁睁看着那只小鸟落入虎口，却没有什么好办法。鸽子很是害怕，但还是不肯离开窝。猫头鹰听到下面乱糟糟的声音，扭头看了看孩子们，双眼散发着凶光，头上的羽毛像号角一样，丝毫没有离开的意思。它紧盯着几个小孩，好像在说，"小东西，谁会理你啊。"

在几个孩子看来，这只猫头鹰好像狱卒居高临下看着无辜的囚徒，或者像手持长剑的男人要杀死手无寸铁的孩子。看到鸽子走投无路，想到猫头鹰随时都会冲下来，孩子们非常伤心。波拉克特别难过，爬上峭壁想去帮鸽子的忙，但兄弟姐妹都知道他爬不高。然而他刚爬高了一点，一件奇妙的事情发生了：在天空盘旋的秃鹫掉落了一根长长的羽毛。这根羽毛从秃鹫的翅膀上打着旋儿掉下来，靠在波拉克右手边不远一块凸起的小石头上。这时他的左手正稳稳地抓着头顶上方的石块。

波拉克要松开一只手才能够到这么一根羽毛，不过这样可能会失去平衡而摔下来。不过这里突然出现一根羽毛也太奇怪了，换作你也一样会伸手的——波拉克真的松手抓住了羽毛！羽毛边沿平滑美丽，波拉克转了一下羽毛，自己竟然轻轻地飘离了岩壁，悬浮到了空中，像一朵轻盈的蓟花一样飘在他同伴的正上方。他又轻轻转了一下羽毛，就又往上飞高了一点。他试着指了指岩壁那边，羽毛听话地带他往那边飘了过去。孩子们现在知道这根羽毛的魔力了。波拉克借助羽毛像一只轻快的鸟那样优雅地飞了上去，时而打一个大圈往下俯冲，然后再往上飞，一直飞到猫头鹰所在的位置。尖齿利爪的猫头鹰看到波拉克飞了上来，就展开翅膀飞到远处消失了。

峭壁脚下的三个孩子不知怎地并不感到害怕，他们觉得一切都会好好的，看到波拉克站在岩壁边上的时候还高兴地大叫。猫头鹰飞走了，铅灰色的小鸟得到解救，吱吱叫着表示感激。孩子们听到，高兴地鼓起了掌，然后他们看到波拉克弯下腰捡起了什么。

波拉克站在峭壁边上，看到鸽子窝后面有一卷丝线一样的东西，比最细的线还要细，中间还打了个奇怪的线结。起初他以为那是鸽子窝的一部分就没去碰。鸽子从窝里站了起来，衔起那团线的一头走到波拉克身边。波拉克接过来，一边缠绕一边收起剩下的线团，最后完全卷在手心里，还不过一颗野樱桃那么大，纹理却十分精致。他突然明白，这就是老妇人经常说的那个神奇的线结。这个线结可以绑住那些力大无穷的邪恶的生物。他并不知道这个线团怎么到了鸽子窝这里，不过这也不重要——重要的是他要是没有上来，猫头鹰就抓住鸽子了。秃鹫见多识广，看得到人眼看不到的东西，没准儿那会儿已经看明白了，所以才留了一根羽毛给孩子们用。波拉克没有久留，他所在的地方很高，在小伙伴眼中还不过一只狐狸那么大，不过有羽毛带着，他很快便飞了起来，从高处安全落地。

接下来孩子们开始拿羽毛做各种实验。傍晚，他们轮流让羽毛带着飞向空中，越飞越高，他们也越来越大胆，最后每个人都敢站到秃鹫鸟巢那么高了。孩子们发现，只要不害怕、有信心，神奇的羽毛就能带他们去远处，要是对自己没信心就一寸都飞不起来。那个打着神奇线结的线团他们就不知道怎么用了，不过他们知道，有魔力的东西自然会派上用场。他们小心守护着线团，用坚果壳收藏起来，以便哪天能用上。其实线团比他们预想的要更早派上用场——如果你不害怕的话，可以继续看；害怕的话就不要看了，看了之后会怕黑，要不就会害怕黑灯瞎火的时候待在外面，害怕得忍不住要跑回屋子里。如果这样的话，你还是不要再看下去了。要知道，神奇的线结并不一定能完成它的使命，所以，你们不能怕黑，也不能害怕有什么会藏在门边、躲在暗处要抓你。

我再说一遍，胆小的话就不要再读了，胆大的就从三颗星星（***）标注的地方往后看。

***

一天晚上，在波拉克他们四个生活的村子隔壁，发生了一件事。森林空地旁边的一个小房子里，有几个人坐着说话。有人渴了，叫屋子里的男孩拿葫芦去小溪取水。男孩勇敢地走进黑暗，去离屋门一百步之外的小溪取水。男孩去了好久都没回来，屋子里的人等了又等还是等不到他，很是奇怪，最后又派了一个人去找他。他们沿着溪水下游找了又找，但还是找不到男孩。

更糟糕的是，第二天晚上，一个男孩出门拜访朋友，两家之间隔了5户人家，可是男孩出去了就再没到朋友家里去。他父母出门找他，跟着他的足迹一直到一片沙地上，再远就没有了，只有一片平整的沙地。第三天晚上又出事了。一对姐妹去朋友家玩，妹妹想一个人回家。她刚走，姐姐就想起来前两天失踪的男孩，于是赶紧出门陪着她。当晚没有月亮，一层冰冷的薄雾遮住了所有的星光，姐姐还能看到前面妹妹那一身白裙子，虽然太暗，有点看不清楚，但她肯定那是她妹妹。小白裙像一团白云一样在前面飘啊飘，突然一下子消失得无影无踪。姐姐赶忙跑了过去，只听到一阵呼喊的声音似乎从她头上传来。她抬头看到小白裙飘了一下，结果像气泡一样消失了。

村子里一阵骚乱。白天人们都很紧张，更别提晚上了，没人敢在日落之后出门，屋子里的人们也如坐针毡。到了晚上，天空没有一丝光亮，有一家人待在屋子里，突然听到一声巨响，好像巨人的手在拉扯茅屋顶。刹那间屋子一片漆黑，人们抱在一起瑟瑟发抖，心脏突突地跳。最后等房子终于安静下来，他们看到屋顶上破了一个洞，地板上有一个标记，看着像一只大鸟的爪子。

房子其他地方都好好的，但人们乱作一团。很快这些消息传到了波拉克家，他认真听了这几个故事。在场的老妇人也听了，她若有所思地点点头，说：

"别害怕，只要有月光就不会有事了。"

她还说了些别的，专门问波拉克有没有那个神奇的线结，然后教他怎么做。后来夜空中有了月亮，这种事果然少了很多。

与此同时，波拉克忙了起来。一天又一天过去了，利用神奇的羽毛，波拉克现在会飞到很远的地方，在高空盘旋，飞跃重重峡谷，跃过高山、掠过湖泊，飞向西边看到奇特的土地和大洋，飞到天涯海角。秃鹫对他十分友好，波拉克跟着它们飞得越来越高，越来越快，丝毫不觉得疲惫，也永远不会掉队。后来秃鹫带他去一处光秃秃的峡谷，一只野兽一样巨大的黑鸟飞了起来。这只鸟强大有力，每只爪子都能抓住一头羊驼，嘴里还能再叼上一只，连秃鹫都比它小很多。大鸟特别丑陋，双眼沉重，露出凶光，爪子尖利，两个翅膀沉重有力，扇出来的风能吹弯两旁的树，树木弯下腰来好像在窃窃私语。波拉克立刻明白，月黑风高夜里，正是这只大鸟做的坏事，抓走了人；他还知道世界上只有一只这样的鸟，它只有一颗蛋。

男孩观察了很多天，跟着大鸟到处飞，最后发现它的窝在高高的山上，那里人们从未踏足。窝里面是一颗巨大的鸟蛋，大到能装下一只山羊。山上有个洞，洞口非常狭小，里面都是大鸟抓走的人。波拉克看见巨鸟每天都往洞里扔水果，让那些可怜的人活下去，活到蛋成功孵化的那一天，到时这些人都会被拿去喂雏鸟。等巨鸟飞走了，波拉克大着胆子靠近洞口，给洞里面的人打气说，他会杀死巨鸟，救他们出去。

波拉克乘神奇的羽毛飞回家，告诉村民他见到的巨鸟和被它抓起来的人们。大家照老妇人的指示挑了一棵结实的树，把树冠砍掉，树枝也砍掉，留下树干砍成小孩子的样子，根部不动，像以前一样深深扎进地底。人们画好树干，给它穿上衣服，在手的位置放上一个大葫芦，远远地看就像一个小孩子准备去舀水。人们还用杆子在旁边搭了一个棚屋，用草搭成屋顶，做了一个茅草屋。人们在下一次月黑之前完成了工作，而波拉克则住进屋子，等着大鸟。

连续三个晚上，波拉克都乘着羽毛飞来飞去，最后终于看到一朵巨大的黑色云彩飞了过来。他知道这是那只邪恶的大鸟，于是掉头回到屋内，不久就听到空中有撕裂的声音。大鸟的尖叫十分恐怖，它一边叫一边忽闪着翅膀，好像打雷一样。看到有人，它突然俯冲下来，伸着爪子张开鸟喙，马上抓住了树干，想把它提起来。树干越是不动，大鸟抓得越紧，鸟喙和双爪深深掐进树干。大鸟越来越使劲，树根开始松动，地面隆起鼓包，简直快被鸟整个拉起来了。大鸟发现抓不动就想飞走，但它的鸟爪和鸟喙都深陷树干，好像被钳住了一样，无论怎么忽闪翅膀、怎么挣扎都没用，再怎么使劲也没法脱身，它挣扎的翅膀扇起来的风让周围的灌木都折弯了腰，波拉克藏身的房子也在颤抖。

趁着大鸟还在挣扎，波拉克拿着神奇的线结，乘着神奇羽毛出来了，他很快飞到大鸟上方，解开线团，把线头放了下去，丝线很快像蛛网网住苍蝇那样缠住了大鸟那一对翅膀。凡是被这股线绳网住的，都无法挣脱，这就是神奇线结的力量。很快那只黑色的大鸟就被紧紧地捆住了。

第二天早上，波拉克飞回大鸟的那个山谷，找到那个岩洞，一个个救出大鸟抓住的人，然后用力把鸟蛋推下悬崖，看着它摔成碎片。这样，世上最后一只邪恶的大鸟，没有了后代，它自己不久也死了；而今天天空中盘旋的鸟儿，没有一种能伤害到人们。

14. 许错了愿的人

这几周，我和喀纳萨星夜赶往南部。我们一共赶了三百匹马，有时一天可以换四匹来骑，但只有换马骑的时候才能稍做休息。喀纳萨是个生长在平原地区的马倌，没人比他更懂马了。他能赤手空拳，单凭一根绳套就轻松拦住一匹，安上马鞍后就能轻松换过去飞身上马。

连日赶路，我已经疲惫不堪。一天晚上我们生起一小堆篝火，煮水准备泡几杯草木茶，我说要是能早早结束这次行程就好了。

喀纳萨摆弄了一会儿吉他，然后把吉他放在一边，对我说：

"许愿并不是什么好事。谁许愿，谁就要冒一定风险。为什么呢？因为只要在许愿的时候，你就会忽略不该忽略的东西，这样事情就乱套了。"

我跟喀纳萨说，许个小小的愿望没什么关系，但他连这个都不允许。他说事情要顺其自然，世上没有什么人聪明绝顶、事事顺心。他像生活在草原上的人们那样，跟我讲了个故事来证明自己的说法。

曾经有一个巴拉圭的女人，她没有孩子，于是成日成夜许愿想要一个男孩、一个女孩。她不仅许愿，还经常去森林里一处神秘的地方，那里长满了酸橙、甜橙和柠檬，那里的池塘水面被睡

96

莲宽大的叶子盖满。就在这个安静的地方,她经常唱一首自己编的歌,唱出心中对孩子的渴望。歌中的男孩相貌英俊,身体强壮,跑起来飞快;女孩有一双美丽发亮的眼睛,头发像丝绸一般顺滑。一天又一天过去了,她每天许愿,最终她的愿望实现了,她得到了一双儿女,男孩四肢修长,女孩像鲜花一样美丽可爱。

然而故事没有结束。女人希望男孩强壮勇敢,行动如风,男孩也的确如愿;但女人没想到的是男孩眼睛不好。对他来说,没有白天黑夜之分,他看不到太阳月亮,也看不到蓝色的天空和绿色的草原。女孩子虽然眼睛很好,能在百步之外看到蜂鸟的眼睛,但是她的腿连走路都走不了,只能爬来爬去,用双手来做事情,正是因为妈妈许愿的时候没有说要她健康强壮。

女人梦寐以求的愿望变成了一场噩梦,她因此伤心不已,脸色日渐苍白,最后,在一天晚上,她搂着自己的两个孩子,亲吻了他们之后就走了,孩子们就再也没见过她。第二天左邻右舍都告诉孩子们他们的妈妈死了。

日子一天天过去,男孩和女孩渐渐长大。有一天,一个穿着破烂斗篷的老人来到他们住的房子前,他说他从寒冷的远方走了几百英里路来到这里。老人疲惫又饥饿,斗篷被带刺的灌木划得破破烂烂,双脚也被锋利的石头划伤了。男孩和女孩请他进屋,给他洗脸喝水,还给了他一块香蕉叶包裹着的、用木薯粉做的面包。老人休息后身体恢复了,精神也很好,作为回报,他告诉孩子们,远方住着一个古怪的老巫婆,知道很多秘密,能做到很多常人做不到的事情。

"只需要一会儿工夫,"他说,"她就能让女孩子身强力壮,再给她一点时间,她也能让男孩重见光明。"

他还告诉孩子们并不是所有的巫师都很坏，他们跟人一样有好有坏；有的巫师会把小孩留在身边并不是因为他们吝啬贪婪，而是因为他们喜欢美好的事物。"把孩子留在身边好好照顾，总比摘掉一朵花，或者拿笼子困住鸟儿要好。这样说吧，把鸟儿困在笼子里，跟偷小孩一样是不对的。"

三个人吃完饭，一起唱了会儿歌。等到太阳落山，老人跟孩子们道了晚安，在树下伸展了一下身体，很快就睡着了。第二天早晨，老人趁孩子还没醒就走了。

第二天，男孩女孩讨论着老人告诉他们的事情。女孩脸上洋溢着兴奋的红晕，双眼炯炯有神。她看着男孩，想着要是真的能让他看到清晨的迷雾，凉爽清朗的夜晚，那该有多好。男孩坐在一片黑暗之中，思考他怎么才能找到女巫，恳求她施法让妹妹的双腿恢复健康，让妹妹站起来自由地行走和舞蹈。最后他们不再谈论这个话题，转而启程寻找女巫。哥哥背着妹妹，妹妹负责用双眼引导哥哥安全地穿过荆棘遍布的丛林，走过生活着许多鳄鱼的沼泽，还要走过长着齐肩高棕榈的山谷。每晚他们都会找一处凉爽的地方过夜，身旁就是清澈的小溪或者一潭甜甜的泉水。走过许多地方之后，他们终于来到女巫居住的小山丘。

一切都跟老人讲得一样。女巫十分孤独，没见过什么人，因为很少有人会来到女巫生活的地方。见到有客人来访，她很高兴，领着孩子们来到一处香气宜人、枝叶繁茂的地方，却看到女孩像一只在风中飞累了的小鸟那样，只能爬着行走。女巫给男孩讲鸟儿的故事，讲一束束金色的阳光，绿色的枝干，还想着孩子们听了故事就会开心起来，会喜欢待在她这个长满绿色植物和野果、幽静清凉的山谷。但她讲得越多、越是想让他们舒服开心，他们就越想成为一个健全的人。女孩不想被萎缩的双腿束缚了脚步，男孩不想什么都看不见。

不久，男孩跟女巫讲了老人的故事，告诉女巫，正是他们想痊愈的心愿带领他们走了这么多路。老女巫看到她想留下两个孩子的梦破碎了，心重重地沉了下去。她知道，一旦两个孩子变成了健全的人，他们就会离开她，就像之前她悉心哺育、喂养的鸟儿那样，冬天来临的时候就会飞走。接下来，女巫不再给他们讲好听的故事，只讲关于死亡、寒冷、灰色的天空、荒芜的沙漠，还有纵生枝干的森林中有各种鬼怪的故事。

"看不见这些东西就没有恐惧、没有烦恼。"女巫说，"看到这些可怕的东西让人心伤。"

但男孩说："听说有这些东西，我就更想重见光明，这样我就能清除森林中你说的那些邪恶的东西了。"

听到这句话，尽管女巫暗自开心，但她还是叹了口气。然后她开始跟女孩子讲那些会走路的人遇到的伤害，遇到残暴的生物又抓又挠，遇到会划伤娇嫩脚底的石头，遇到石头底下躲藏着的有毒的东西。女孩耐心听完，拍着手说："这正是我想要让双腿恢复健康的原因呀！这样我就能轻快地躲开那些有害的东西——哥哥就不用杀死它们。"

"好吧，"女巫说，"可能只有你们知道我住的地方有多漂亮，你们才会乐意留在我身边吧。你们长成现在这个样子，都是因为愿望跑偏了的缘故，所以我得满足你们的愿望。要找到能治愈你们病痛的神奇树叶，我得离开一天一夜。此外，你们想要恢复健康，就要完成一件事情。明天我走了之后，你们必须开始干活，如果我回来了，你们也干完了活儿，你们就能恢复健康。如果没干完，你们就还是现在的样子。但即便如此，我会当男孩的双眼，告诉他世上所有美好的事情，我也会当女孩的双腿，为她奔走四方。我只会做，不会把这些当成愿望。说实话，如果你们两个都恢复了健康，我会非常高兴；但如果你们就此离开了我，我就又要孤孤单单一个人，没人陪我了。"

不一会儿，女巫对女孩说：

"孩子，告诉我，如果这里是你家，要想让它变得更舒适，你会怎么做？"

女孩说："我会把屋后小森林里带刺的灌木清除掉，这样哥哥就能随意走动，不会被刮伤了。"

"很好。"女巫说，"那么男孩子呢？你想怎样？"

"我想让山谷里的小石头都消失，这样妹妹就能在柔软的草地上玩耍，不会受伤。"

女巫说："好。你们都已经为自己定下了要做的事情，这也是魔法的一部分。男孩要在我回来之前把小石子清理干净，女孩要保证屋后看不到带刺的灌木。你们这两个愿望也真的挺难达到的。"

接着女巫就走了。孩子们心里一点都高兴不起来，因为对双目失明的男孩来说，要清扫掉所有的石子简直不可能；对女孩来说，瘸着双腿也不能清理林中的灌木。他们试着做了一会儿，但还是放弃了。所以他们站着想啊想，一时间想把这里当作他们自己的家。突然奇怪的事情发生了，山坡另一侧走过来那位穿着破旧斗篷的老人，两个孩子见到老人都非常高兴。老人休息了一会儿之后，孩子们跟他讲了现在的困境，很是沮丧，因为不管他们多么努力都达不到女巫的标准。

"我真想……"男孩刚开口，就被老人竖起一根指头打手势制止了。

"许愿没有用，"老人说，"但是他人帮助就有用，众人拾柴火焰高。"他把几根手指凑近嘴唇，吹出哨声，天空立刻变得昏暗：原来空中飞来了无数只鸟儿，每一只都叼走一颗石头飞走，山谷里的小石头一下子全没了。老人又吹了一声哨子，一时间从四面八方跑来许多小兔子，它们纷纷跳进森林，啃断了所有灌木的枝干。灌木倒了一地，狐狸又跳了出来把灌木拖走，不到一个小时，森林就完全变了样。这时女巫回来了，看到他们完成了任务。

女巫拿出出门收集的树叶酿了一服药酒，分给男孩女孩喝。"但是，喝了之后不能说话，如果在日落之前哪怕说了一个字，你们就会变回原来的模样。"

两个孩子郑重承诺了之后，喝下了药酒。男孩看到了绿草和蓝色、红色、紫色的花朵，还有树林间像钻石一样闪烁着翅膀的蜂鸟，他充满喜悦，忍不住大叫起来："啊，妹妹，你看！多么漂亮！"然而话音刚落他就又失明了。与此同时，妹妹感受到了强壮的双腿，心中充满了欢乐，朝空中举起双手不停地舞蹈。当她听到哥哥的呼喊，知道他又会失明，这时她真想丢掉刚刚获得的健康来跟哥哥分担痛苦。但是她又想到只要她身体强壮，就能帮助眼睛看不见的哥哥，所以她上前去拉起哥哥的手，亲吻了他的脸颊。

太阳落山了，男孩一整天都安静地坐着。他把脸转向女巫，说："你努力想对我们好，而且你也的确很善良，尽自己的力量来帮助我们。现在既然妹妹已经成了健康人，我已经满足了。尽管只有一瞬间，我也见到了美丽的世界，我很满足了。巫师妈妈，你虽然不能实现我们全部的愿望，我们也会给你我们的所有。跟我们来吧，来我们住的地方，看看我们喜欢的东西，看看那些鸟儿、花朵和树木，我们会尽力回报你的。"

听到这句话，女巫突然鼓起掌、唱起歌，告诉男孩和女孩咒语已经解除了：因为他们接纳了女巫。

"现在我不是女巫了，"她说，"而是你们的妈妈。你们的妈妈没有死去，只是因为许错了愿而变成这副样子。"

男孩重新获得了光明，妈妈变成了原来颀长、挺拔、美丽而又善良的样子。他们三个回到了自己的家，快乐而幸福地生活了很久。

15. 饥饿的老巫婆

从前有一个上了年纪但胃口很好的老巫婆，住在森林旁边。这片森林就在现在的乌拉圭境内，跟巴西和阿根廷接壤。那个时候，沼泽里遍布凶猛的野兽，空中飞着翅膀像蝙蝠一样的奇特生物，蠕虫形体巨大，能蠕动着穿过山峰和石头，就像虫子钻进泥土那样容易。女巫的力量难以估量：有一次，她为了要蠕虫头上的一块石头而杀死了那条虫子。这块石头是绿色的，像一个磨钝的箭头。女巫费尽心思拿到了它，那它究竟有什么用呢？知道这个秘密的人就明白这块石头有多么珍贵了：只要带上它，无论是谁都能在日出之后、日落之前在天上飞翔，只有夜晚不行。

老巫婆还有另外一件宝贝：神奇粉末。制作神奇粉末的方法只有她一个人知道，现已失传。后人知道的是神奇粉末只能拿树蛙风干的尸体跟羊奶混合制作。只要撒一点点神奇粉末，就能有奇特的效果：女巫有了神奇粉末，就能轻易把一种植物变成动物，把藤蔓变成毒蛇，把荆棘丛变成狐狸，把小树叶变成蚂蚁；还能把一种动物变成另一种动物，比如把猫变成美洲豹，把蜥蜴变成鳄鱼，还可以把蝙蝠变成可怕的生物。

老巫婆已经活了上百年，人们自打记事起就知道她，无论是爸爸、爷爷还是太爷爷讲的故事都一样：这个老巫婆吃牛、猪还有羊，神不知鬼不觉就能轻松卷走村子里所有的动物。有人用弓箭想射死她，但并没有什么用，箭头飞过去的时候她就能施魔法把箭折弯，根本射不中她。所以人们每年都要把养肥的牲畜牵出一半放进村口的畜栏献给女巫，以求安宁。

后来村里出了一位才思敏捷、智勇双全的年轻人，话虽不多，但做事前常常深思熟虑。有一年又到了给女巫献祭的时候，这个年轻人不愿意把牲畜赶往村口的畜栏。

人们问他为什么不这样做，年轻人说，他做了一个奇特的梦，在梦里他变成了一只笼中鸟。这只笼中鸟并不孤单，因为有一棵气味清甜的爬藤攀沿着笼子爬了上来，勉强挤进笼子的栅栏，开出一朵白色的花。年轻人看着花儿，发现小白花突然变成了一位美丽的少女，微笑着把手里的金色钥匙交给他。年轻人用钥匙打开了锁着的笼子，跟少女一起消失在远方。梦结束的时候年轻人醒了，耳边还有悦耳的乐声。尽管他不知道梦的结尾，但是从音乐声判断，梦的结尾一定是个美好的结局。

年轻人觉得这个梦预示着什么。他不但不会往畜栏里赶牲畜，而且还要前去把女巫找出来，这样他生活的土地上，就再也不会受到巫术的威胁了。年轻人不听别人劝告执意要这么做。他说："要白白给她我们辛辛苦苦养大，根本舍不得卖的牲畜，这本来就不对；白白养着她这个恶魔，还纵容她来我们这里做坏事就更不对了。"

当地的智者把年轻人称为勇士。这位勇士颇受当地人的爱戴，临出发前的那一天早晨，来送行的人们面色苍白、颤抖着身体把他送到森林边缘。但他很勇敢，头也不回地走进了森林，早已为一切可能发生的事情做好了准备。

年轻人接连走了三天的路，最后来到一片芳草茵茵、鲜花似锦的地方。他坐在湖边一棵树下，走了很远的路，他已经很累了，不由得开始打瞌睡。年轻人常常露天睡觉，所以这个地方已经挺不错了。朦胧中他看到地上冒出了什么坏东西，于是他爬上树找到一处可以躺下的枝桠，很快便睡着了。

趁他睡着的时候，老巫婆从湖里爬了出来。她把手里的篮子扔进湖中，开始捞鱼，还扯着沙哑的喉咙唱起了难听的歌：

"空中的飞鸟，
水里的游鱼，
世间不公平，
还是死了好。"

巫婆唱的歌词跟这个不太一样，不过意思是一样的。别听这首歌那么难听，它有一种魔力，水里的鱼都被吸引到渔网里了。看到渔网满了，女巫拿一个柳条筐开始装鱼。

女巫扭曲刺耳的歌声惊醒了年轻人。他睁开双眼朝树下看去，看到那个满脸皱纹的老巫婆，还有她岸边那一筐鱼，很是气愤：鲜活的鱼儿就这样白白给了巫婆！他很后悔把随身携带的长矛藏在了树下的草堆里。况且走了那么长的路，他现在又渴又饿，没什么力气，所以现在最好静静地躺着别动，不让巫婆看见，回头再伺机干掉她。

他躺着不动并没有什么用。老巫婆看了一眼树冠在湖面上的倒影，便看到了年轻人的影子，抬头就看见了年轻人。这会儿她要是带着绿石头就好办了，根本就不用再费事——可是她没带，又不会爬树。

"小伙子，你又饿又累，下来吧，我给你吃好吃的。"

年轻人听了，大笑起来。他知道巫婆的话根本不能信，于是就说，他待在树上很舒服，不想下去。巫婆听后又心生一计，在地上铺了很多水果和浆果，好言好语地哄着小伙子：

"来吧，孩子，我不喜欢一个人吃东西。你看，我有新鲜水果，我有好喝的蜂蜜。快下来吧，我没有孩子，很孤独的。"

尽管老巫婆成功地让年轻人胃口大开，年轻人也越来越饿，但他还是笑了笑，对巫婆说：

"你还有什么诡计等着我吗？"

巫婆听了勃然大怒。她跳来跳去，龇牙咧嘴，大张着嘴巴，像猫一样挥舞着长长的指甲，让人感到害怕。年轻人安全地待在树上，看到女巫力大无穷，越是觉得在树上待着是唯一的好办法。巫婆气急了，举起一块跟人一样大的石头朝年轻人在的那棵树扔了过去,树被石头砸得从头到脚摇晃了几下。

巫婆原地站着，眉头紧锁。然后她手脚并用，很快扒拉了一小堆草，扒拉草的动作像猫一样，还一边扒拉一边念念有词，有时候念咒语，不念咒语的时候就骂骂咧咧等攒够了草，她往草上撒了一点灰色的粉末，念念有词地说：

> "爬呀爬，爬呀爬，
> 爬上树干，爬上树枝，
> 爬呀爬，爬呀爬，
> 爬上树叶，爬上树枝，
> 找出那个大活人，
> 缠住他，咬他，折磨他，
> 爬呀爬，爬呀爬！
> 让他像烂苹果一样掉下来！"

巫婆唱个不停，一边时不时划着圈往草堆上撒一点粉末，现在那团草动了起来，好像里面藏着什么动物一样。很快没根的草叶变小了，形成一个褐色的圆球，伸出几条发丝一样纤细的针头变成了动物腿，最后每片草叶都变成了一只蚂蚁。它们爬上树干，爬上每一片叶子、每一根树枝，绿色的大树霎时间变成了褐色。巫婆起初喃喃自语的声音现在越来越大，简直像在大喊大叫。她一边挥舞着双臂一边喊：

> "爬呀爬，爬呀爬，
> 爬上树干，爬上树枝，
> 爬呀爬，爬呀爬！"

蚂蚁越是靠近年轻人，巫婆念咒语的声音越大。她跳来跳去，挥舞着长着长长指甲的双手发号施令：

"找出那个大活人。"

树上的年轻人知道马上就要有麻烦了，蚂蚁太多，他不可能打赢它们的。年轻人只好爬到高处躲着蚂蚁，一步步爬到湖水上方的枝干。但是蚂蚁还是越爬越近，巫婆声音更大了：

"缠住他，咬他，折磨他。"

蚂蚁很快爬了过来，爬到湖面上方的树枝，爬上了他的手臂。眼见着无路可逃，年轻人只好从树上跳进湖里。哗啦一声，他掉进了冰凉的蓝绿色的湖水中。他想潜水游到岸边，结果憋得喘不过气，没游两下就只好露出头来呼吸。突然，湖中央有什么奇怪的东西动来动去，他马上想到巫婆的渔网还在湖中没有收起来，他八成是掉进了渔网。年轻人努力挣扎想从渔网里出来，然而没有一点用。巫婆施了法术，只要掉到她的手里，再强壮的人也不过像一条小鱼一样，逃不出她的手掌心。于是年轻人和鱼、水草、虫子还有淤泥缠在了一起，他头卡在巫婆那个篮子里面，挣扎得头晕目眩、疲惫不堪。突然他感觉周围的东西还在朝一边缓缓移动，捞鱼的篮子也在移动。

不久，年轻人跌跌撞撞地被带到一处散发着邪恶气息的地方，他整个人变得恍恍惚惚，似乎进入了梦乡。因为巫婆在这一带施了法术，他不会记得发生了什么事；等他再次醒来的时候，已经不知道过了多久。他被塞进一座石头房子里，透过墙上的小洞往外看，只能看到巨大的灰色石块，没有青草树木。他想起了以前做过的梦，感觉这里的一切跟梦里似乎差不多。

不过，因为年轻人并没有完全清醒，现实跟他的梦境其实差得很远：他现在不在笼子里面，周围也没有长藤蔓，藤蔓上也没有开出花朵——虽然没有这些东西，却发生了另一件事。不一会儿，石墙上开了一扇门，门外明亮的光芒一时间亮得让他睁不开眼睛。等他看清楚了才发现，那儿站着一位美丽的少女，散发着优雅的光辉。她向年轻人伸出手，带着他走出黑暗的石头房，走进一个用石头堆砌的大厅，看到一处熊熊的火焰。少女听了年轻人的遭遇，蓝色的眼睛中霎时充满了泪水。她打开一扇格子门，叫年轻人藏在里面。

"很早以前我也是被抓来这个地方的。我刚来，巫婆就把之前在这里做她奴隶的那个人杀死了。那个女孩临死之前跟我说巫婆有一块绿石头，还告诉我巫婆的神奇粉末怎么用。从此我就一个人待在了这里，成了巫婆的奴隶。现在她把你抓来了，肯定就要杀掉我，要你做她的奴隶，等到她看你看烦了就会寻找下一个牺牲者。这样的事情很早之前就发生了，每个人都会跟新来的人讲绿色石头的故事，但是，没有一个人敢动那块石头。"

年轻人听罢，很想赶紧带着少女离开这个可怕的地方。他刚要张口说话，石屋外就响起了巫婆的声音。

"你快藏起来，"少女说，"等我拿到绿石头我们就能飞走了，跟着你我就有这勇气，我一个人就不敢。"

然而年轻人还是不想躲起来。姑娘一把把他推进小屋，关上了门。年轻人隐约听到巫婆进来往壁炉里丢下了一堆木头。

"我找了个新的来。你也养肥了长胖了，该给我吃了。隔一段时间换一个我已经很满足，往后那个年轻人也会跟你一样。赶紧去给我准备胡椒和盐巴，红辣椒、黑胡椒都要。赶紧的，懒骨头，我都快饿死了，怎么要等那么久！"

　　少女去另一个房间找调料了，巫婆跪在地上开始生火。不久少女就拿着东西轻快地回来了。少女把调料递给她，趁巫婆不注意，少女往她身上撒了一点东西——其实她拿的不是调料，正是神奇粉末。然而，巫婆并没有察觉到那是她的神奇粉末，以为姑娘笨手笨脚把盐和胡椒撒了她一身。巫婆勃然大怒，抓起少女的脚踝把她扔进了格子小门后的那个小房间里——巫婆没有看到藏在里面的年轻人，怒吼道：

　　"没用的东西，待一边去！看我把你烤熟了吃！"

　　少女悄悄把绿石头塞进年轻人手里，他们立刻穿过窗户飞了出去。因为老巫婆身上被撒了粉末，越胀越大，根本走不出门。年轻人和少女一起在天空中飞翔，看到窄窄的山谷里巫婆的房子，看到巫婆想方设法要从屋顶飞出来。

　　两个人抓紧时间，又轻又快地往高处飞；然而很快巫婆也飞了起来。她不再膨胀了，从房顶飞了出来，然后砰的一声爆掉，变回了原形。巫婆看到他们俩在头顶飞翔，瞄准了他们飞的方向跑了出去。

　　现在男孩女孩和老巫婆都越来越快，不幸的是绿石头只能在白天有魔力，黄昏以后就飞不起来了。少女在飞翔的时候才告诉年轻人这个秘密。巫婆非常清楚天黑以后石头就失去了魔力，她看到太阳缓缓下山，山丘拉长了影子，不由得高兴起来，继续大步流星地往前走，跟天上的两个人速度一致。巫婆跳得轻快，地上没有哪只骆马能跑得像她那么轻，也没有哪只鸵鸟能跳得像她那么快。

　　太阳渐渐西沉，年轻人和少女面面相觑。少女想到了一个办法：她往地上撒了点神奇粉末，几片草叶很快变成了几只肥美的兔子。巫婆看到了，忍不住跑上前把它们捉住吃了个精光，这样为他们赢得了一点时间。

　　不过，巫婆很快赶了上来，比以前跑得更快了。少女又往地上撒了点粉末，这次把荆棘丛变成了狐狸，老巫婆看见忍不住又吃掉了，又拖了一点时间。太阳越来越低了，两个人离地面越来越近，现在只比树梢高一点点，巫婆就在他们身后，很快就能赶上他们。

前面就是年轻人被巫婆抓住时待过的那个湖，湖面在夕阳下一片火红。石头的魔力随着傍晚临近而减少，巫婆离他们越来越近，他们简直能听到她的呼吸声，想象得出巫婆邪恶凶猛的爪子刺穿衣服的感觉。

他们飞往湖边，洒上最后一把神奇粉末，草叶立刻变成了蚂蚁，巨石变成了乌龟。他们借助绿石头最后一点力量飞跃过湖面，双脚差点就要碰到水面，石头的魔力已经越来越弱了。

老巫婆看到乌龟又停下来大快朵颐了一番，年轻人和少女趁着石头最后一点力量飞到了湖对岸。看到巫婆扑通一声跳下水，游起来跟在地上跑得一样快，少女害怕得紧紧贴在年轻人身边。巫婆游得实在太快了，湖水分成了两路飞溅到她身上，太阳完全落山之前巫婆就会抓住这两个人了。

但是，她刚游到湖中心，刚才吃掉的乌龟就开始拖着她往湖底沉。巫婆奋力挣扎，大喊大叫，四肢使劲儿抽打着水面。湖水因为她的挣扎搅动迅速变热，冒出了许多蒸汽。最后巫婆耗尽了力气，乌龟像大石块一样把她拖入水中，拖进了湖底，再也见不到她的身影。

年轻人带着美丽的少女回到家乡，人们见了个个欢天喜地。少女被称赞为当地最善良最美丽的女人，后来跟年轻人结为夫妻，颇受当地人们的爱戴。

16. 魔镜

一

从前有个富翁，他有一个名叫苏索的女儿。这位富翁非常善良，他会款待到他家门前乞讨的流浪者。富翁的土地上从来没闹过饥荒，人人吃得饱穿得暖，过着衣食无忧的生活。父女俩互相照顾，女儿是爸爸的贴心小棉袄；做父亲的看到女儿开心，他就会感到美满和幸福；而对女儿来说，只有爸爸幸福她才会感到幸福。

自从姐姐出嫁以后，苏索就跟爸爸计划在开满鲜花的山丘上，建一座完全属于苏索一个人的大公园。公园建成之后，有很多动物在这里安了新家，公园里到处是莺歌燕舞的欢乐景象。苏索每天都会同朋友们快乐地载歌载舞，无忧无虑的心随着歌声飞扬。大公园里绿草如茵，有很多新奇有趣的地方，冰凉的小溪水流过高处的山丘，流水宛如瀑布淌入池塘，小溪的水流声和树叶的沙沙声一唱一和，伴随着鸟儿歌唱。

很长一段时间，这片土地上充满了欢乐。然而自从父亲娶了一个女人回家以后，这里常常发生一些奇怪的事情。有一天，父女俩在月光下散步，父亲告诉女儿，他已经身患重病，不久就会离开这个世界，他非常担心自己死后女儿该怎么办。那天晚上听了父亲讲的话，苏索的心被重重乌云笼罩着，悲痛欲绝。父亲还告诉女儿，他得这个病是因为中了某种巫术，会一天比一天疲惫、虚弱。许多有识之士和当地著名的医生一起来看望他，他们围坐在一起，讨论父亲生病的原因，最后只得出了一个结论：这个病不正常。究竟是哪里不正常，他们也说不清楚。他们表示一定要查出这个病的根源，才能让父亲好起来。苏索因为父亲生病，时常闷闷不乐，总是一个人待在一处安静的角落，向大树倾诉苦恼和悲伤。

继母不仅不喜欢苏索，而且有一副丑恶的嘴脸。当她与丈夫和苏索在一起的时候就对苏索很好，像慈母一样抚摸着她的头发，说话委婉动听；然而，不同丈夫在一起时，她就换了另一副模样。恶毒的继母装得太像了，连苏索的父亲也常常被她蒙蔽，总觉得她对女儿珍爱有加。就在跟女儿讲了自己病情的那天晚上，父亲看到女儿哭得那么伤心，就安慰她说：

"苏索，别哭、别哭，要是我不在了，你继母会好好照顾你的。她很爱你。"

女儿听了父亲的话，啜泣了两声，擦干了眼泪，担心父亲知道了真相会更加悲痛。父亲看到女儿平静下来，感觉女儿接受了自己的安慰，于是也就放心了。

在不久后的一个白天，发生了一件事情让苏索对继母产生了疑心：那天父亲、继母和女儿一同站在公园的喷泉前欣赏水景，突然，父亲感觉心脏像被重重击了一拳，赶紧坐下来缓一缓。等过了一会儿他说感觉好些了，心脏也不再有刚才那种刺痛，便让女儿搀扶着他回到屋子里歇息。等他坐稳了、盖好了羽毛毯之后，父亲说让女儿过去陪伴继母。女儿虽然心里还是想守护着父亲，但她还是听了父亲的话去陪伴继母。她很不乐意，又因为父亲生病而闷闷不乐，所以她没有唱歌，也不跳舞，跟平时一样走得非常轻，不动声色地回到继母那里。这时她突然看到邪恶的继母在跟一只躲在老树洞里的猫头鹰说话！苏索吓坏了，一时说不出话来，双手垂立在身体两侧，心突突狂跳。女人看见了苏索，急忙跟猫头鹰眨眨眼睛，使了个眼色，猫头鹰便不再说话，只是垂下了头竖起两只耳朵。继母转身走向前去拉起苏索的手，走到一处可以让富翁看得到，但是听不清她们说话的地方。富翁看到妻子和女儿站在一起，他感叹地想：妻子是一个可以信赖的人，由她陪伴女儿他感到很宽慰。继母拉起苏索的手轻轻环绕在她自己的腰上，这个亲昵的动作，让富翁更觉得放心和幸福。然而，假如他听得到妻子对女儿说的话，一定会悲痛得心碎。

继母的声音句句像涂了毒药的飞镖那样尖厉。她故意让猫头鹰也听到她对苏索说的话：

"苏索，来，把胳膊搭在我腰上，给你父亲好好看看。他肯定觉得我特别爱你。"接着她附在少女的耳边悄声说，"但我恨你。"

猫头鹰顿时抬起头，轻声重复道："她恨你。吼吼！"

森林里很多猫头鹰的叫声像回声一样从远处传来，"她恨你。吼吼！她恨你。吼吼……"连那些尖声尖气的鹦鹉都随声附和起来，苏索感觉好像全世界都在无缘无故地仇恨她，连她最喜欢的那些羽毛光滑鲜亮的鸟儿也纷纷飞走了。

为了听得更清一些，猫头鹰跳到了比较低的树枝上。继母又开口说："苏索，你父亲活不了多久了。他中了法术，死亡离他越来越近。我当然很高兴，因为等你父亲死后，他的土地和房子就都归我了。"

苏索听了继母这番恶毒的话都快昏倒了，她又愤怒又恐惧，一心想要马上告诉父亲。但是那个恶毒的女人紧紧抓住了苏索的手腕，好像要用力地把它扭断，另一只手则掐着她幼嫩的手臂，俯身凑到她耳边说："只要你什么都不说，只要你从今往后听我的话，等你父亲死了我就会好好对待你。"

这一幕被富翁看到，好像妻子在俯身亲吻女儿一样。

然而苏索能做什么？

苏索只能躲进安静无人的地方，把她的遭遇告诉窸窸窣窣的树叶，还有悄然拂过的晚风。看着花园里金色的阳光、波光粼粼的水面、遍地盛开的鲜花，还有浓密的森林，她一点都高兴不起来，心上凝结成了一片咸水湖。以前，父亲曾经为女儿所做的一切都将化作一场空，很快这里的一切将不再属于她。

森林里的大树听到了苏索的遭遇，一传十、十传百，最后，森林里所有的大树小树都知道了苏索的故事——然而苏索并不知道。

二

山的那边住着一位少年，名叫华希亚。华希亚一头褐色的头发，双目炯炯有神，四肢健壮有力，认识他的人都说他是个善良诚实的小伙子。

华希亚是个牧民，每天要赶着山羊和羊驼去放牧。一天他正在放牧的时候看到一只在高空中盘旋的秃鹫，嘴里叼着什么东西，不断地散发出像闪电一样的光芒，能照射到很远很远的地方。飞着飞着，秃鹫嘴里的东西像一颗闪烁的流星一样掉在了地上，秃鹫也飞落在一片灌木丛后面，华希亚一时什么也看不到。很快秃鹫又飞了起来，但是，它没有叼上刚才那个闪光的东西。华希亚走到秃鹫飞落的地方，发现小溪水底有一块圆形的银色东西。他捡了起来，惊讶地发现那是一块边缘平整光滑的镜子。华希亚用叶子包好镜子收了起来，晚上回到居住的地方，拿出那面镜子给一个牧民看。那个牧民睿智非常，见多识广，他告诉年轻人，这面镜子是帕拉卡卡魔镜，而帕拉卡卡本人早已离世。他还说，无论是谁往镜子里面观看，只能看到自己；但是，镜子的主人就能看到别的东西。"拿着这面镜子就能看到他人隐藏在深处的灵魂，能看到别人面具背后究竟是怎样的人。如果一个人长着人类的面孔却有狐狸一样狡猾的心，那么，你拿着这面镜子就能照出他的真面目。"

华希亚听罢感到十分惊讶。他试着拿镜子照了照智者的脸庞，果然镜子里映出的不是他，而是一张像树干一般遍布结节，长着山羊胡的，面目祥和并且善良的脸。年轻人看了以后非常开心。他把镜子装进包里随身带上。第二天，华希亚在森林里靠着大树吹笛子，隐隐约约听到一阵细语，便放下笛子仔细倾听。这些声音细小而低沉，从一棵树的树冠传向另一棵树的树冠，从一片树叶传到另一片树叶，一片窸窣响声之后，年轻人终于听明白了刚才那一阵细语，知道了山那边的土地上，有一位富翁正身患重病，女儿悲痛非常，而恶魔却在那边兴风作浪。

华希亚不愿再耽误时间。他把山羊和羊驼托付给朋友，拿上弓和箭，往包里塞一点干粮，揣上那面魔镜，同朋友们告别后，前往富翁所在的地方。奇怪的是那天早晨森林里一片寂静，只能听到他的笛声；然而他刚启程便迎来了一阵鸟儿和鸣的声音。华希亚特别高兴，虽然他衣衫褴褛，却有一颗平和笃定的心。

华希亚不久便来到富翁的土地上，看到一位少女坐在树下，脚下簇拥着鸽子，蜂鸟在身旁欢快地上下飞舞：这个少女便是苏索。苏索看到男孩，忧伤的心一下充满了希望——虽然没有见过面，但她那颗善良的心感觉到，他是诚实的、值得信赖的男孩。"你是不是吃不饱饭？来这里吧，我们会让你吃饱饭有衣穿的。"

"我不是来乞讨的，"男孩说，"我的生活很好。我曾经听到林中的树木在低语，听到了大树小树相传的故事，听说你特别悲伤，听说有恶魔正在破坏这一带的美丽和人们的幸福，我是来帮助你们的。"

苏索听了男孩的话，忧郁的心情终于被唤起了新的希望。她牵起男孩的手带他到了父亲面前。这时富翁的身体已经非常虚弱了，当他看到女儿找到新朋友之后高兴的样子，感到非常欣慰，便吩咐仆人在树下摆了一张桌子，铺满了水果、羊奶和面包。然而生病的富翁还是吃不了多少，华希亚见状，拿出笛子吹了起来，大公园里霎时遍布宁静、平和，恐惧和悲伤消失不见了。苏索随着笛声唱起了歌，听着女儿欢快的歌声，富翁仿佛觉得患病只不过是一场噩梦，不久就会烟消云散。

三个人说了很多话。华希亚知道富翁因生病而体力衰竭，想到自己手里那面魔镜或许能照出他身上究竟出了什么问题，于是就对富翁说：

"要是这面镜子能帮助你看清究竟是怎么回事就再好不过了。另外我有一个请求，我恳求您把苏索嫁给我，我非常爱她。"

富翁陷入了沉思，轻轻摩挲着膝边苏索柔软的头发，他没想到年轻人会提出这样的要求。他看着女儿的双眼，看到她含蓄地垂下了睫毛，过了一会儿，她抬起头殷切地望了望父亲，然后跟父亲一同望着华希亚。富翁默许了年轻人的恳求。这时森林中的鸟儿叽叽喳喳，森林中的树叶哗哗啦啦像拍手一样，都在为男孩女孩歌唱。

父亲微笑着说："如果你找出我究竟得了什么病，还帮我治好的话，你可以娶走我的女儿，但是你要留在这里。"

华希亚爽快地答应了。他愉快地站起来轻轻吻了苏索，便跑进树林里黑暗的池塘边睡觉了。这时，继母从房子里出来走到树下，跟丈夫和女儿一起谈天说笑。

三

当天晚上，天空中升起一轮新月。蛙鸣声此起彼伏，华希亚并没有睡着。突然他坐了起来，完全清醒了：周围除了蛙声又传来了各种噪音，还有猫头鹰的呜咽声和蝙蝠吱吱呀呀的叫声。他环视四周，看见了一只丑陋的白色蟾蜍，它个头巨大，还长着两个头，很多奇怪的东西都围着它聚了起来：骇人的毒蛇、千足虫还有巨大的灰色蜘蛛从石头底下、土壤里爬了出来，绕着两只头的蟾蜍围了一个圈。噪音越来越大，华希亚感到头晕目眩，身体动弹不得，周围各种奇怪的东西似乎长着一双双邪恶的眼睛，从森林黑暗的深处恶狠狠地盯着他。但华希亚依旧努力睁大眼睛盯着它们。

猫头鹰开始低声怪叫着唱起了一首歌，华希亚听到：

"谁知道我们的女王藏在哪儿？吼！吼！"

其他的生物跟着一个接一个唱道：

"我们的女王，啊，她就是蟾蜍，就是蟾蜍，

她藏在石头底下，人们就是搬不动，找不到！"

一场奇特而又恐怖的音乐会开始了。猫头鹰、蝙蝠还有大蛾子扑闪着翅膀悄无声息地盘旋起来。华希亚听腻了这些唱词，用手捂着耳朵赶紧跑掉了，最后他终于找到一块安静无人的地方坐了下来，但耳边还回荡着那些歌词：

"我们的女王，啊，她就是蟾蜍，就是蟾蜍，

她藏在石头底下，人们就是搬不动，找不到！"

他想来想去都想不出人们搬不动的那块石头究竟在哪儿。他只想到了群山上那个巨大的寺庙，但那个地方也太远了。

第二天上午，华希亚去富翁家，富翁还专程出门迎接了他。继母跟在富翁身后，她那双邪恶的黑眼睛总是有意无意地盯着华希亚。苏索也走了过来，华希亚的目光再也无法从她身上移开，在他心中，她是世界上最善良、最美丽的女孩。每当她坐在矮凳上靠在父亲脚边的时候，她金色的头发就像阳光下汩汩流动的小溪。他们有说有笑，华希亚吹起了笛子，悠扬柔美的音乐让人心旷神怡。苏索唱了一首歌，虽然歌声里藏着一丝忧伤，但是父亲听后很高兴，好像花园中美丽、温柔而美好的东西都聚集在他身边那样。然而，他看到妻子的双眼，又恍然明白自己时日不多，以往的痛苦和悲伤又浮上了心头。

他们不知不觉谈到华希亚的魔镜，随后，华希亚拿出魔镜来照了照自己，

苏索也走过来站在他身后一起看。华希亚看到镜中温柔善良的苏索如鸽子一般温顺，像鲜花一样纯洁美丽；接着，富翁也站了过来，越过华希亚的肩头看着镜子，少年看到了一张满是坚毅和善良的脸庞。这时，继母从桌子另一头伸手抢过镜子来看，华希亚走上前站在她身后，看到镜子里的并不是继母黑色的头发和深色的眼睛，也不是一张骄傲的女人脸庞，而是一只蟾蜍。继母抬起手又擦了擦镜面继续照镜子，华希亚看得更清楚了：镜子里面是一只长了两个头的蟾蜍。继母丝毫不知道华希亚看到了什么，更不知道华希亚看穿了她女巫的身份，还在左照右看。随着继母思绪的变化，华希亚在镜子里又看到很多东西，镜中的继母脖子上缠着两条白色的蛇，华希亚心中顿时充满了恐惧，费了好大劲儿才把嘴边想要说的话吞了下去。继母照够了镜子，就起身离开了。

夜晚的睡眠并不能使富翁恢复足够的精力，时间不长他就感觉很累了。他站了起来让华希亚扶着他，苏索从另一边搀扶着父亲，三个人一起慢慢走到房子旁边有丛丛鲜花的地方坐好。苏索给他盖好了羽毛毯，富翁让华希亚再吹一首笛子曲来听听，华希亚并没有不乐意，然而他脑袋里还是反复闪现着长着两个头的蟾蜍，还有两条相互缠绕的白色蛇，不由得紧张起来，悠扬悦耳的笛声变成了难听的噪音，好像蛙鸣和蛇的嘶嘶声，又像鹦鹉尖声怪叫，苏索用双手堵上了耳朵，她的父亲更是叫华希亚别吹了。

"我剩下的日子已经不多了，你吹出这种难听的声音来我会好受吗？"富翁虚弱的声音充满了忧伤，"这几天晚上我都梦到一只两只头的蟾蜍，身上还爬着蛇；现在你还吹出了这种像邪恶生物的声音，真是让我失望！华希亚，我可是把你当做最亲近的孩子啊。"

华希亚一边安慰他，一边解释说，他是无意吹出这样声音的。"我觉得这一带可能被施了魔法。这里太阳光那么温暖，我却感到一丝丝寒冷，好像有什么邪恶的东西隐藏在周围。"

尽管他浑身流淌着温热的鲜血，但是他一边说话一边浑身发抖。他心中默念着，不要害怕，不要屈从于虚幻的景象，他环视四周，突然，眼光落在一块两个人都搬不起来的大石头上。看上去多年以来这块石头一直在这里，石头周围长满了青草。华希亚看着这块石头，脑海中闪现出昨晚听到的歌：

"我们的女王，啊，她就是蟾蜍，就是蟾蜍，

她藏在石头底下，人们就是搬不动，找不到！"

昨天晚上听不出有什么深意，今天看到这块石头，他突然就想明白了。于是他把弓箭交给苏索，叮嘱她无论看到石头下面有什么邪恶的东西，都要一箭射过去。华希亚走上前搬开石头：石头虽然很重，但他还是设法用力把它搬了起来举过头顶。原来放石头的地方现在是一片空地，空地上坐着一只巨大的长着两只头的白色蟾蜍。"苏索，快射箭！快！"父亲马上说，"别让它跑了！就是这个东西每天夜晚都在折磨我！"

"嗖"的一声，箭飞了出去，射穿了白色蟾蜍；与此同时，两条凶恶的毒蛇从房顶上掉了下来，它们藏在那里很长时间了。华希亚接过苏索手中的弓箭，像闪电一样射出了两只箭，把毒蛇分成了几段。就这样，三只邪恶的生物都被干掉了。好像太阳终于从乌云后面露出头来，这片土地上再次充满了欢乐和阳光。这时，蟾蜍和蛇的身体开始一边颤抖一边萎缩，最后化成了粉末随风飘散得无影无踪。父亲的身体不再虚弱，疾病像一件黑色的斗篷那样掉落在地上。森林的树叶形成阵阵绿浪，发出沙沙的声音，好像一首欢乐的歌。父亲和女儿知道，这片土地上曾经害人的恶魔已经被驱散，永远不再回来；而一切邪恶的源头，就是那个作恶多端的继母。

从此以后华希亚和苏索结为夫妻，富翁也很快恢复了健康，他们三个人是世界上最幸福的人。

17. 懒人的故事

在哥伦比亚的历史上，似乎总是少不了猴子的身影。使用"总是"这个字眼儿有点夸张，那么退一步来说，至少在人类的记忆中，猴子的身影从未远去。一位名叫奥维多的历史学家曾在自己的笔记中这样写道："当基督徒们向内陆探险的时候，他们不得不穿过丛林。那时他们真应该好好躲在盾牌后面……因为猴子会从树上朝他们扔坚果和树杈……我就认识一个仆人，他朝一只猴子扔石头，结果猴子不但接住了他扔来的石头，还用更大的力气扔了回来，砸中了一个名叫弗朗西斯科的人的牙齿，这个可怜人就这样被砸掉了四五颗牙。这确有其事，因为我时常看见这位倒霉的弗朗西斯科，却从未看见他的牙齿。"

有一天，一个男人向我讲述了猴子的故事。他一边滔滔不绝，一边吞云吐雾。当晚星空满天，猫头鹰和蝙蝠按着它们自己那独特的轨迹在空中飞行，空气中烟味浓烈。最后这位老兄终于把故事"讲完了"，但是他还是不肯关上话匣子，随手"拾起"那些记不清的结尾胡诌一通，或者揪住一个细节大讲特讲。不过那时他除了讲故事也没有什么事好做，仿佛有人在一旁倾听让他有莫名的、巨大的喜悦。后来听故事的人都快睡着了，他还是不肯停下，随心所欲地拿起故事的一个片段就和另一个片段组合在一起，给我解释其中的联系和奥妙，直到我已经云山雾罩，快被他搞晕为止。不过我还是勉强整理出了故事的大意，与诸君分享。

很久很久以前，这个世界上并没有猴子。树上长满了水果和葡萄藤。食物无忧，人们就变得懒惰，最后除了吃和睡，什么都懒得做。人的懒惰可以达到无以复加的程度，比如吃水果的时候连皮都懒得剥，更别说费力打扫茅草屋了。

这种生活一开始还是非常惬意的，但是没过多久就不那么惬意了。因为人们随处乱扔的果皮滋生了带翅膀的小虫，这些小虫发现食物是如此丰富而且触手可得，不久也变懒了。当人们想要把果皮上的虫子洗掉的时候，它们就被激怒了，一边嗡嗡地叫一边叮咬人们，搞得人们万分惊恐而又无所适从。人们一度感觉最简单的解决办法就是把小村子搬走，找个地方重建居所。因为建新房子对他们来说轻而易举，只用不了一天的时间就能建起一座漂亮的新房。新的住处挨着一个小型湖泊，生活用水近在咫尺；但是这片湖泊还是太小，没过多久人们就发现聚集而来的人把这个小湖里的水喝干了，结果人们又回到了原来那个住处。那些会叮人的苍蝇此时气焰更盛了，比蚊子还要恼人，其中还多了一种黄蜂，它们的头部是粉色的，腿和手是黑色的，身体则是金黄色的，虽然非常好看，但最惹人厌。现在要决定下一步怎么办可没有开始那么简单了，大家吵吵嚷嚷，争论不休，但大家一致同意要赶紧做出决定。

一天，村子里来了一个奇怪的老人，他衣衫不整，好几处都被划破了，好像刚从荆棘遍布的森林里跌跌撞撞闯出来的一般。他一头粗糙的黄发，眼角的皱纹让他看起来总是笑眯眯的。他过来的时候将近黄昏时分，村民都在休息，没人留意到他。他走来走去，望东望西，一会儿又去湖边走动；过了一会儿他开始编篮子，动作非常迅速，编好之后就把果皮和果壳都放进这个篮子里。他的这个举动引起了大家的好奇心，时不时有人从吊床里直起身子看看他，想跟他说话，不过又觉得麻烦：当看到有蓝翅膀的苍蝇或者金色脖颈的蜂鸟在阳光下闪闪发光，人们一下就忘了那个老人的存在。等太阳下山，森林变成一片黑紫色，人们都睡去之后，这个老人还在编篮子收拾果皮果核，第二天早晨人们醒来发现他还是这么勤奋，不过只清理出了一小块地方。

村长泰拉看到人居然可以通宵工作，激动得浑身发抖，不过他还是很好奇为什么这个老人要花这么大力气忙一个晚上，因为他看得出这个人既不是本地人，也不是住湖边的那群人。然而他一想到要把堆成山的垃圾清理掉，心情又变得很是沉重。所以泰拉叫来仆人库错，叫库错把老人带来见他。库错答应了他，然后找来亚那去送信。亚那又跟他的仆人马塔吩咐……就这样，传见老人的信息传了七次才传到他耳边，老人也因此先后被这传话的七个人带领着，最后终于来到首领泰拉面前。所有人都很好奇到底发生了什么事情，马上围了过来。

"你叫什么名字，从哪里来，又想要什么呢？"泰拉为了省事一次问了三个问题，然后朝围着老人的几个村民皱皱眉头，好像在说"你们好好看着我怎么处理这件事"的样子。那几个人也很配合，看到泰拉这样纷纷点头赞同，好像在说首领英明。然而老人只是安静地站在那里，一点不为首领的威严所动。

"我想工作，"他说，"你告诉我要做什么，我就给你做。"

事实上老人跟村民说的不是同一种语言，但他们还是听懂了。

村民个个都惊呆了，简直不敢相信他们的耳朵。首领虽然也很惊讶，但他很快淡定了，继续问老人：

"那你擅长做什么？"

"我没什么特长，"老人说，"我就是会工作而已。"

"那你做什么？"

"我什么都能做。"

"造房子也会吗？"

"会。造小一点的东西也会，你能想到什么我都能做。"老人说完，首领觉得这个人敢这么回答，不是呆就是傻。

"我是说，小事堆积起来就变成一项大工程了。"老人这么解释，一边指了指附近堆积成山的果皮和果壳。

"对对对，但是你自己干活就好了，别教训我们一起干。"泰拉试探性地说了一句，"你干脆说说你都能干什么活儿吧。"

老人开始从小事说到大事，说完了还问首领有没有什么别的要他做的。周围有人围上来想给他东西让他做事，而他却说他什么都不要。

那群人里有个叫培拉的渔民说："要是你为我工作，抓十条鱼我就给你一条。"刚说完他就被一个叫拉卡斯的果农一把推开。果农对老人说："我给你的比他多多了，你摘十个果子就让你拿走两个。"于是人群推推搡搡的，一个比一个出价更高，最后那个负责收拾果皮果壳的人说了："要是你帮我工作，我一分都不会要，你全拿走都行。"然而老人还是说他不需要工钱。

人群顿时安静下来，老人转身要走，于是准备给首领鞠个躬。首领见状，摆摆手说："你走，我不拦你，要是你着急的话就不用鞠躬了。"周围一圈人也这么学着首领说了同样的话。

老人并不在意他们说的话，转身唱着歌走了，心情轻松愉快。来到那一片他清理出来的地方，他捡了几块木头开始雕刻小人，每个小人都有一个看上去像条长尾巴的手柄。他一边唱歌一边雕刻小人，不一会儿就给村里每个人都雕了二十个小人。等全都雕刻好了，他站起来伸展了一下身体，周围的人问他这些小人是干什么用的，他只是耸耸肩，并不说话。接着他把小人排开在沙地上摆了一个阵列，然后好像将军审视自己的军队那样走到它们面前。小人各个都很像，排开之后非常好看，连老人自己都忍不住觉得漂亮。过了一会儿他挥动手臂做了一个特别的动作，口中念念有词，然后又挥动胳膊，木头小人个个变成了活的，朝老人点着头。围观群众看到纷纷笑出了声，使劲地鼓起掌。老人叫他们保持安静，好好听。

"既然你们都不喜欢干活，"他说，"我给你们每个人做了二十个小人。它们每天都会不求报酬地按吩咐给你们干活，但一个人只能叫他手里的小人做一件事。现在大家依次鼓掌三次，然后给你的小人分配一种活儿。"

老人话音刚落，这群木头小人就四下散开，找到村民旁边站定鞠躬，然后又直起身子，身后的木头尾巴一上一下，好像南瓜头上那根把。

"听好了，"老人说，"你们要开始干活了。我叫一个就上前一个，每个人都要准备好。"

"犰狳猎手，出列！"老人话音刚落，就站出了一百多个小人，好像士兵一样列队站着。

剩下的依次命名为：

面包师傅；

125

摘木薯工人；

除尘工；

剪羊毛工；

演员；

保安；

面包师；

特种工；

搬运工；

磨面工；

故事匣子；

瓦罐匠；

猪倌；

仪仗队；

食品运输员；

勤杂工；

挤奶工。

工作分配完毕，所有人都很开心，自己手上多了二十个人可以使唤，那天大家都忙得不亦乐乎。小人安安静静地不停工作，秩序井然，村民在一边休息就行，原本要花费的精力现在可以拿来做更高级的事情。老人来到这片土地之前，这里的村民天天抱怨要干的活儿好多，都没时间写词作曲。现在有人做脏活累活了，他们自然有时间想这些事情了。

还没过两天，村里的孩子开始抱怨他们还要干活：要寻找走失的家禽家畜，看管弟弟妹妹，维持秩序，甚至要清理东西，还要干其他各种各样的活儿，根本没时间玩，更别说什么学习了。

所以他们一起去找老人，问他能不能给小孩子也做木头人帮他们干活儿。老人一听，眼中闪烁着火花，马上回答如果孩子们真的需要他帮忙，他立刻就做。孩子们确信自己要干的活儿太多，于是老人不一会儿就削出了好些小人，马不停蹄地雕刻了一天一夜之后，每个孩子都有了自己的干活大队。

这些干活大队负责做这些：

做棕榈扇；

送信；

放羊；

夜巡；

不训斥学生的私人教师；

采花；

演员；

做糕点；

做游戏；

保管员；

讲故事；

做小丑；

照看小孩子；

管理员；

采购员；

管理玩具；

帮孩子记数字；

给孩子唱歌；

做馅饼；

打杂。

接下来的一个月里一切顺利，所有事情都井井有条，没出过什么差错，村民个个都不需要担心事情做不完。晚饭有人做好，水果有人摘，床有人铺，房子有人收拾，哪里都干净整洁。成年人需要做的就是继续展望未来，如今每个人的房子都干净整洁，谁都比不过谁，也没人好沾沾自喜的。小孩子们没别的事情做，只需要吃喝睡觉。现在人们想要的更多了，有的想要大房子，有的想要大花园，有的又想要漂亮衣服。

木头人越来越多，然而每个都只能做一件事情，老人只好给木头人再雕刻可以使唤的木头人做它们的仆人。越来越多的日常琐事都要有人做才行，因此不久之后每个村民手上的木头人就不止二十个了，已经变成了六七十个。这还不够用，老人每天还在雕刻更多的木头人，很快哪里都能见到活蹦乱跳的木头人，屋内屋外都有，跟苍蝇一样多，多到连屋门都快关不上了，人们简直想要专人来帮它们关门。好些屋子里住满了木头人，它们轮流休息，主人有事叫他们，看门的木头人首领就伸进头来招呼，它们一听招呼就冲出门去，不干活的时候跟人类一样学会了休息和睡觉，有的躺在地板上，有的一个压着一个窝在角落里睡觉，还有的用尾巴拴着竹筏躺在上面睡。很快木头人也多了起来，所以不得不制作更多的门卫来维持秩序。它们个个警觉而严肃，连人类都要小心翼翼，免得踩上或者惹恼它们。

终于有一天人们对无所事事感到厌烦，他们一个两个都说，有人帮忙挺好，但是什么都代劳就有点过了。人们开了一场会，会议内容随传话员而一传十、十传百，最后大家都知道了些许。

"一定要做点什么才行。"人类首领泰拉说道。

"但是现在什么都有人做了啊，"老人说，"什么事情都做好了的话，还有什么要做的呢。"

"我不是那个意思。"泰拉开始带着一点试探的语气，"我是想说，这些木头人不能哪儿都有。"

"但它们的确要在不同的地方，"老人说，"它们的职责就是什么都做，所以什么地方都能见到它们。"

"我说，现在我们成天无所事事，挺没意思的。"旁边一个人说。他以前总说要有时间就做个诗人，"一天下来我们根本就不累。"

"我们也不想成天这么被宠着。"另一个人说。

"麻烦就是，要是什么事都有人替你做了，自己反而不开心。"一个胖男人说。

"我也不想无所事事。"又有人大喊了一声。

还有人悲哀地说："我觉得木头人做了我们要做的事情之后，那些活动再也没有原来的感觉了。"

"这话好拗口，你说清楚点。"胖男人说。

"你看，我以前是个花匠，现在木头人在花园里挖土、种花、浇花，连花儿枯萎死亡了也是它们去拔掉的。等它们再往里撒种子种花的时候，我觉得再长出来的花都不是我的了。虽然我也表达不清楚，但我希望你听得明白，因为我记得……"

老人听了举起双手说道："但是这可不符合我们之前的约定。只要有木头人代劳，你们人类就不用记东西，请记住这一点。"

"但是我觉得……"那个人刚开口就又被打断了。

"请您不要再思考了。我们有木头人替我们思考，谢谢。"过了一阵，老人思考了一下，把食指放在嘴唇上小声说："现在既然你们不满意，我看看要怎么办吧。"

"一定要做点什么。"泰拉悄声说。

"你什么都做不了，因为所有的事情都是木头人做的，这么一来什么事情都轮不到你做。现在我们能做的事情完全没有。"老人说。

他们的会开着开着就中断了，每个人都回到自己的吊床上思考，不久首领便喊了一声说："我们一定要有行动自由。"老人听到，马上找来小刀又给每个人刻了十个木头人，每个都在喊"行动自由"，还一边喊一边前进，声音如雷声滚滚。

这样很快形成一片混乱。喊着"行动自由"的木头人一个个都去干扰其他木头人干活，抢过它们手里的东西，抓住那些木头人，一团混战之后木头人走路都歪歪斜斜的，很快就摔倒了。每个房子里都混乱不堪，人跟木头人都四下逃窜，有的甚至从窗口跳到屋外，门关了又开，罐子一个个被摔碎，动物鸡飞狗跳，哪里都能听见"我们要行动自由！我们要行动自由！"人类从房子里逃了出来，看到木头人打架，有些把对方挂到树上，有的狠狠地揍对方，有的把屋子里的东西扔出门外。小孩子们也纷纷跑了出来，平时服侍他们的木头人也跟着他们跑了出来，有的一边跑一边履行平时讲故事、扮小丑之类的职责，还有的木头人背着沉重的东西逃跑。那一天真是一团糟，大家都不知道要跑到哪儿去，到处都有木头人把守，竭力维持秩序，避免骚乱。到了傍晚时分，屋子里一个人都没有了，吊床上也空荡荡的，村子里的男女老少都逃到了湖那边避难，因此也获得了行动自由。而这边的房子里只剩下木头人。

人们自己摘水果吃，水果吃起来好像更甜了。他们自己从湖里打水喝,水喝起来也更加凉爽甘美。夜幕降临,人人都因为劳累了一天所以睡得很香,即便没有木头人给他们摇吊床也一样香甜。第二天早晨他们很早就醒了,发现日出比原来更为绚丽和壮观,大地染上一片粉红和金黄,空中鸟儿的歌声美妙动听,微风拂过草地清爽自然。第二天过去了,人们惊奇地发现自己曾经忽略了这个世界的美妙:蝴蝶从一朵花飞到另一朵花上,白云从一个山头飘移到另一个山头,大地遍布绿荫,天空湛蓝,阳光明媚,水声滴答,树木随风晃动……有木头人的生活真是一场噩梦。人们这才安下心来,世界又充满了欢声笑语。大家开始建造新房子,愉快地工作并且享受生活。

然而在原来那个村庄,事态越来越无法控制。高呼"行动自由"的木头人一直推推搡搡,妨碍原来在干活的木头人。然而原来的木头人因为人类主人不在身边就争吵起来,不久就不好好干活儿了。做陶罐的和洗陶罐的纷纷罢工,洗陶罐的开始砸碎做好的陶罐,这样清理陶罐、掩埋碎片的才有活干。尽管这样,它们的工作也毫无意义,能干的活儿也不多,很快它们又闲了下来,饿得更快,又想吃东西。摘水果的、烤面包的都忙活起来,生火的也一起做吃的,伐木的又要多砍木头拿去生火。而它们工作起来也会饿,饿了就又要吃东西。原来的木头人就这样碌碌无为地忙活着,新的那批木头人没事干,总是成群结队地去捣乱,一片忙乱,然而大家都不知道在忙什么。

后来高呼"行动自由"的木头人又去招惹家禽家畜,麻烦就大了。动物不喜欢这么乱糟糟的生活,于是纷纷对木头人发起了攻击。厨房里的器皿见状纷纷往木头人身上泼热水,火堆的余烬也一同加入了这场混战,磨玉米的磨盘缓缓转动,传出低声嘶吼,渐渐形成了字句：

　　"一天又一天，你们折磨着我们——
　　磨啊，磨啊，磨！

　　吱吱！
　　呀呀！
　　磨啊，磨啊，磨！

　　折磨我们的人越来越多——
　　磨啊，磨啊，磨！

　　现在尝尝我们的厉害吧——
　　磨啊，磨啊，磨！"

　　磨盘转了一圈又一圈，好像有看不见的人在推着一样。两个推推搡搡扭打在一起的木头人突然摔倒在地，被卷进磨盘碾成了粉末。厨房里的器皿、家禽家畜看到了，立刻学会了这个方法，马上把每个房子里的木头人都往石磨旁边推。火星飞上茅草屋顶，屋子立刻就着火了，木头人惊慌失措，争着往门外跑，一时混乱不堪。这时突然打起闪电下了一场大雨，木头人没有被烧伤，逃也似的躲进森林爬上树，从此就住在树上不再下地。后来它们长出了头发，变成了猴子，但它们还记得木头人的那些事情，所以直到今天对人类也不友好。如果有谁要徒步穿过森林，一定要当心那些猴子，免得它们往你头上扔核桃、丢树枝报复你。

18. 卡布拉坎之死

　　巨人卡布拉坎被双胞胎兄弟所杀。他是这么死的：

　　卡奇克斯死后，至帕克那也死了，卡布拉坎一直在巨石山崖附近，有一天他翻过山岩人居住的崇山峻岭，遇到一群迷路的山羊。他往地上一坐，双腿摆作栅栏一样拦住了它们。他像小孩子吃浆果一样，一口一个吃掉了所有的山羊。瘦小的牧羊人第一次看到巨人，害怕地浑身哆嗦，马上躲到树后逃走了。第二天巨人又想吃一顿饱饭，看到不远处有座小房子，就走过去吃光了那户人家饲养的小牛，把屋子里的人吓得不轻。第三天他跑得更远了，大中午坐在村子边上看到什么能吃的就抓过来吃，就像食蚁兽吃蚂蚁那样。没人能拦住他，因为村庄里的人们听到他走过来，感觉到土地颤抖时，就纷纷躲进林子里去了。巨人威胁人们生活的事情不久便传到了双胞胎兄弟的耳朵里，他们发誓除掉卡布拉坎。

　　卡布拉坎知道卡奇克斯怎么被打倒的，也知道至帕克那怎么完蛋的，所以这两种方法都不能打倒他。他脑筋转得慢，但还是想方设法要杀死双胞胎兄弟。虽然他们从来没过过招，但是卡布拉坎认为自己是最强大的巨人，正是这种自负造成了他最终的失败。

　　一天，一场风暴袭来，风雨交加，雷电轰鸣，森林中的树木都被刮倒了，石头一个个飞上了天，海浪震天响，一波波震慑着海岸。天空黑暗阴沉，云诡波谲，卡布拉坎活这么大没见过这番景象，心里有点打颤。所以那天他没起身，没敢从藏身的众山之中走出来，等黑色的天空变成了灰色，风力减弱了，他才起身出门。等空中的云纷纷消散，大地早已被月光洒满，他看到山头远处胡那普和巴兰克那对双胞胎兄弟。原来暴风肆虐的时候，他们也躲进了岩洞，从岩洞里看到卡布拉坎在风暴前就跑进山里躲了起来，还随风听到他哭泣和哀嚎的声音——双胞胎就知道他是个外强中干的家伙。

看到双胞胎，卡布拉坎站起身，问他们在做什么。他本来想多说两句的，只是他的大脑突然一片空白，所以只好唱起了歌。刚才对风暴的恐惧还没有完全消失，歌声中便带着一丝颤抖：

> "我是卡布拉坎，
> 地动山摇的卡布拉坎，
> 我是卡布拉坎，
> 我主宰人类！"

等他唱完歌，胡那普大胆地冲他喊道："不错啊，卡布拉坎。虽然你强壮，但我们也强壮啊。你没看到我们呼吸几下就把森林里的树连根拔起了吗？没看到我们吹几口气就把石头吹跑了吗？没看到天空一下就黑了吗？嗨，这些都不算什么，我们还能干好多呢，刚才那些翻天覆地的事情，我弟弟一个人就能做了。现在我们两个可要联手了，你准备接招吧！你可要准备好了，免得身为巨人却被我们打倒了，那会儿这世界上可没有你的立足之地了。"

一听这个，卡布拉坎心里涌起了深深的恐惧。他揉揉眼睛，惊讶地看着双胞胎，他们那么小巧精致，居然能呼风唤雨。卡布拉坎想着想着就害怕了，简直一句话都说不出来。

两兄弟来之前都谋划好了。胡那普说完，现在轮到巴兰克发话，这番话是之前深思熟虑准备好的："让卡布拉坎加入我们可能会更好吧。他一走路就震天动地，但他还是蛮脆弱的。要是能教他跟我们人类一样吃煮熟的肉，可能就能长得跟我们一样强壮了呢。"

　　巨人竖起耳朵听了他的话，用脑袋迟钝地思考，如果他真能付出一点，让兄弟俩上当，他就能说服他们让他吃熟肉；等自己力量强大起来了，就能摆脱这两个引发风暴的凡人。到那个时候，他就能独自掌管这片土地了。想到这里，卡布拉坎狡猾地答道："我们先比试比试，如果我真的比你们弱，那就给我做人吃的食物，这样我就能变强壮了，你们要做我的奴隶。"

　　听了他的话，兄弟俩假装要商量一下。胡那普表现出好像要再招一场飓风的样子，而巴兰克好像又阻止了他。卡布拉坎站着，看着两兄弟，心里还是很害怕他们再招来风暴。

　　"这样吧，"胡那普发话了，"卡布拉坎，你把这座山翻个底朝天，就拿这个来比试吧。"刚说完，他转过身，似乎改变了主意，所以不久又加了一句，"可是这没什么意义啊。做这件事我们并不需要卡布拉坎的帮助，可能我吹口气掀翻它比较方便呢，尽管这一下子卡布拉坎就会像一片叶子那样被吹到世界尽头了。"

　　虽然巨人生活的世界都是光秃秃的石头，但他觉得这里也算舒服，因此他可不想被吹到世界尽头。所以他一脸坚毅，告诉胡那普说愿意展示一下自己的实力。胡那普讽刺地盯着巨人说："这简直是小儿科。不过能把山颠倒过来之后，人们吃的食物也是你的，还能让你更强壮、更聪明呢。"

　　卡布拉坎二话不说，就耸起肩膀张开了双臂，准备开战。"别拦着我。天亮之前我就会把这座山翻个底朝天。"卡布拉坎像一座肉山一样在月光照耀之下，向前大步流星走了五步，来到山前一下子抱住了山头。他本来想从地上直接把山拔起来，便分开双腿，肌肉紧张有力，纷纷结成了块，但是山没有动静。第二次，他的双臂紧紧夹住山石，双腿像双塔一样稳扎地面，山仍旧纹丝不动。他狂躁地使着劲儿，猛击着石头，又拽又压，周围的大地一阵颤抖，好像发生了地震。他的劲儿实在太大了，山的一侧裂开，一条清澈的小溪奔涌而出，水流像一条银色的蛇一样打着旋儿在平原上流淌。整晚上他都在跟那座山摔跤。天渐渐亮了起来，卡布拉坎越来越疲惫，但那座山纹丝不动，只是流出了一条小溪。地面上他原来站立的地方也只是多了两个大洞。山上他双臂环绕的地方被磨得平整光滑，整个石块在阳光下闪闪发光。卡布拉坎抱怨不停，一直在小声嘟囔自己费了老大劲儿却看不到什么效果，看来要因此承认自己很弱了。

胡那普于是叫他休息一阵。"等一下，"胡那普说，"其实吃山羊、吃人们饲养的牛都不会让自己变得强壮，你缺乏的是强大的信念。你就像一只没有箭的箭筒，像一根没有弦的弓。卡布拉坎你知道吗？人类的食物才能带来力量。这就是我们吃这些东西的原因，我们吃这样的食物，才能做得出色。"

巨人听到这番话很是高兴。他已经筋疲力尽，于是一下子坐到地上，摩擦放松着双手。他坐下休息的时候对着那座山看了好多次，山纹丝不动，山顶发亮，他试过那么多次都没法移动。这会儿他想，这事儿就这样算了；只要双胞胎别过来再呼风唤雨也行。

巴兰克点起一堆篝火，胡那普射中一只秃鹫，接着他们不慌不忙地烤上了那只大鸟，烤肉的香味特别吸引巨人。他从来没吃过烤肉，更别说知道怎么做了。

那一带生长着一种结豆荚的草，豆荚里有一颗红色的浆果。一旦清晨吃下这种浆果，根本不用等到太阳升起就会丧命。胡那普收集了许多这样的浆果，都塞进烤秃鹫的肉里。这次无论巴兰克还是胡那普都不会让巨人再活下去。他们烤好了含有毒浆果的秃鹫，递给卡布拉坎，他一口就吞了下去。

起初他觉得自己力大无穷，马上站了起来，一心想把那座山拔起来朝两兄弟扔过去。他狠狠抱起了那座山，山头承受不住，一下子爆开，涌出一股蒸汽，空中升腾起黑色的烟雾，像树枝一样散布到各个地方。这股烟雾太大了，很快形成了一朵乌云遮住了阳光。一时间天地暗淡下来，一股暗黄色的液体慢慢覆盖了所有的东西。山顶喷涌出滚烫的岩浆，四处奔涌开来冲下山去，速度越来越快。然而，浆果的毒素发挥了作用，卡布拉坎一下子没了力气，瘫软在本来要拔起的大山旁边。毒素慢慢扩张，他渐渐没了力气，皮肤越来越暗，眼露凶光，死死盯着两兄弟。

巨人已经不行了，他垂下头，身体架在山脊上，呼吸又深又快，但胸脯不再起伏，像一片阴沉的海。卡布拉坎耗尽了最后一丝力气，被熔岩淹没，沉入土地。

走起来地动天摇、自称主宰人类的巨人卡布拉坎就这样死了。两兄弟一心要干掉他，也的确做到了。

19. 猫与梦游人

　　这个故事是我在火地岛淘金的时候听到的。你要是想跳过简介直接读故事就先停下来翻到标有三颗星星（＊＊＊）的位置，从"索托说"开始读。不过要是不想跳过简介，接着读就好了。给我讲故事的男人叫阿道夫·索托。他说自己是玻利维亚人，这个故事也发生在玻利维亚。他父母都是玻利维亚人，然而他自己却没去过玻利维亚，而是在巴塔哥尼亚出生、长大的。阿道夫出生的地方在安第斯山脉东侧，南部就是发源于麦哲伦海峡流经巴塔哥尼亚内陆的海湾。这个故事当地人口口相传，大家都知道传说中那三块巨石的模样，然后故事又传到了他耳朵里。他不识字，看书不如看图明白，所以这个故事他肯定不是读书知道的。他对故事确信无疑，就是脑袋里并不清楚来龙去脉，跟我讲得也乱七八糟，还怕我听不懂，专门分两次把故事讲完，好让我大吃一惊。即便我跟他说我其实预料到了故事结尾，只是因为礼貌才没有说出来，他估计也不会相信。举个例子，正因为他家那里的人根本没见过铁路、电报和电话机，所以他觉得火车、电报和电话都是魔法——所以他讲的故事你怎么理解都行。

第一部分

一

索托说，多年以前，世界上的生物都温顺无害，美洲豹的牙齿和爪子都不会伤害到人，毒蛇的尖牙上没有毒液，灌木丛没有一根刺，只有一只猫内心邪恶、毫无善念，总是教其他生物抓挠啃咬，教它们藏在阴暗的地方猛跳出来。这只邪恶的猫连绵羊都不放过，还教它们摇头晃脑横冲直撞——然而猫并没有成功，绵羊连一半都没学会，所以直到现在绵羊还是无害的生物，连小孩子都不会害怕它们。

邪恶猫白天睡觉，做不了什么坏事，只好做做干坏事的梦，自我满足一下；但事情坏就坏在这里，她的梦会化作人形，变成一个长了一张狐狸脸的梦游人跑到世上游荡。

有时候梦游人装成一个衣着华贵的有钱人混进人群，样子就像扑克牌上画的人一样；有时候他会变得衣衫褴褛、满身污渍；有时候又会变成一个无头人，身上长了一张嘴，或者长了一双斜视的眼睛；有时候他张牙舞爪地朝一个人跑去，吓得人们动弹不得，像老鼠看见猫了一样。人们要是看到这种东西，就知道肯定是邪恶猫的梦变的。无论梦游人变成什么样子，他走到哪里，哪里就有不幸；更可怕的是，他一边答应人们满足他们的愿望，一边做坏事。没人知道他到底想干什么，但所有人都喜欢小恩小惠，听到可以满足愿望就想占便宜。有一次，有个伐木工忙了一天，疲惫地坐在树下叹气，觉得自己工作再怎么努力，活儿也干不完，还得养活家里好几口人。梦游人听了这话，出现在他面前说：

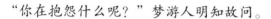

"你在抱怨什么呢？"梦游人明知故问。

"我一整天都在砍树，一刻没停，但是最后也没砍多少。我明明为了妻儿在这里辛苦工作，到头来他们还要抱怨我穷。"他抱怨的也的确是事实。

"那你碰上我可真是走大运了。我可以帮你实现愿望，不过你要给我点什么东西才行。"

伐木工听后不再说话，仔细想究竟给面前这个人什么东西才好。此外，虽然他每天都萌发各种各样的愿望，真是到了这个时候，他还是不知道该许什么愿才好。他的目光落在斧头上，便不假思索地回答道："我想让我的斧子变成这样：不论砍树枝还是砍树干，一斧子下去砍掉的东西会变成两个。"

他刚一说出口就觉得这个愿望好愚蠢，梦游人和邪恶猫也看得出来。不过说出去的话就像泼出去的水，梦游人一样当真。他念叨了几句伐木工听不懂的话之后，叫他挥动斧头试试看。

伐木工扛起一块胳膊粗的木头放上斧头刃上，眨眼间一块木头变成了两块，每块都有人的胳膊那么粗，绝不是被斧头劈开的两半。伐木工抬头看着梦游人，张大了嘴巴一脸吃惊，刚想说话，梦游人却消失了——因为邪恶猫醒来梦便结束了。

然而伐木工很快发现他根本砍不了木头：冲着树干砍下去，一个树干就变成了两个，再也变不成两半；朝树枝砍也一样，一根树枝会变成两根，很快他就被树干和树枝包围了，根本没法再干活。更糟糕的是，伐木工在回家路上碰到一条剧毒的蟒蛇，结果他一时忘了斧头的魔力，挥着斧头向蛇砍去，蟒蛇一下变成两条，一同朝他吐着信子嘶嘶作响。伐木工吓得飞奔回村子，告诉人们他的遭遇。人们听了大为惊奇，赶紧战战兢兢地把斧头吊起来挂在树上，这样所有的人看到就会知道发生了什么事情，就能避免再发生不幸。

二

与此同时这片土地上来了一位见多识广的智者。他听说这一带有只无恶不作的猫，但是不知道还有一个长着狐狸脸的梦游人。智者走进深山，花了好几天到处找那只猫。有一天，天空阴郁低沉，下着雨，邪恶猫并不喜欢这种天气，淋着雨到处跑来跑去，一下被智者撞见了。

"这么着急干嘛？来坐下跟我说说。"

"我不要。我不喜欢下雨，要找个干燥温暖的好地方避雨。"猫淋了雨看起来特别狼狈。

"那你喜欢石头房子吗？"智者问。

"那最好不过。"猫回答道，"房子要足够大，但也别给其他东西留房间，我喜欢自己待着。只要房子够我坐坐歇歇，安静地做个梦，没人打扰就行了。要是你能帮我找这么个房子，我就教你做点什么，要不，满足你一个愿望也行。想要猫头鹰一样的利爪吗？还是像吸血蝙蝠一样吸血？或者想张口就能喷毒液？还是说像箭猪一样射箭？"

"谢谢你啊，不过我什么都不需要。但我今天还是会给你找个石头房子的。"

"在哪儿啊？我要安静无人的地方，人们不会过去打扰才行。"

"这个没问题，我会找个好地方给你。"

"那房子在哪儿？我怎么过去啊？"猫问道。

"你听我说，"智者答道，"我会给你拉一根线过去，这根线没有谁能拉断，你跟着线绳走就能走到石头房子那里。"

"行。不过房子一定只能给我用，那个地方一定要安静。对了，万一有敌人来了，这房子还要方便我随时从后门溜走，要不跳出去也行。"

双方承诺至此，话刚说完便分道扬镳。

第二天，邪恶猫偶然看到了智者说过的那根线，于是就跟着线一路沿着山丘和山岭爬上爬下长途跋涉，最后来到一块高地，高地上正站着那个智者，他的脚边摆着三块平展的石头，两块竖着，另一块横跨在这两块上方，刚好形成了一个只有两面墙还带房顶的屋子，大小正好够她睡。猫满腹狐疑，仔细查看了之后终于钻了进去，卷起尾巴眨了眨眼睛。一下，两下，三下，还没到第四下就睡着了。她刚睡着，智者就把绳子另一头绑在了她脖子上，于是这条有魔力的绳子就绑住了这只猫，一绑就是很多年。直到有一天纳斯卡的出现才改变了这一切。

讲到这里，猫的故事就结束了。现在要是你急着了解故事情节就跳过下面这一段，从标了三颗星星（***）的地方开始读吧。

虽然我说猫的故事已经结束了，但是实际上并没有，结束的只是故事的第一段，也就是阿道夫跟我讲的第一段故事。他讲故事前后混乱，循环往复了好多次，还添加了许多跟这个故事无关的细节，还是多亏了我舍去了这些无关紧要的东西，你才能听到紧凑而精彩的故事。要说第二段故事，阿道夫讲得更辛苦了，我自然也听得难受。当时我们两个说话的地方待着也很不舒服：我们根本不是在温暖的房间、电灯下讲的故事，身旁也没有书架，也没有浴缸，唯一的家具是一口不带柄的平底锅，外加一个铁罐子；房子也称不上是个房子，充其量像一只矮罐子。事实上这房子是我们自己搭的，本来想建成方形的，但是拐角的地方建得不够齐整，手头材料又有限，最后不仅由方变圆，连墙壁都是越高的地方越往里歪。我们在房子中央生火，最后屋顶最高的地方就留了个烟囱口跑烟。在这个屋子里，睡觉要蜷起身子睡，站起来也站不直。不过因为屋子里烟味重，我们也很少站着。

大概是三周前阿道夫跟我讲第二段故事的。那是六月里一个寒冷的晚上①，晚饭是我们所谓的炖鱼汤——这道炖汤可不能望文生义，因为肯定跟你喝的不一样。对于我们来说，要是周一有一块羊驼肉，我们就丢进铁锅里炖。每次炖汤都会多出来一点，但我们也不会浪费掉，晚餐后就还拿铁锅盛着那点汤，等第二天打着一只小鹅或者别的肉了就继续放进去一起炖，往后什么都往里丢，今天加点干马肉，明天加点鱼，当天加进去什么肉，炖出来主要就是什么味道。总体来说每天爬山都会有点收获，等炖到周六我们就洗锅准备迎接下一周的新猎物。正是有次喝鱼汤的晚上，阿道夫喝得特别高兴，一高兴他就开始讲故事了。

**

第二部分

你还记得高山顶上被线绳捆得不得动弹的猫和挂在树上的斧头吗？在那之后又过了很多年，猫越长越大，猫住的石头房子也跟着她长大——智者并没有食言。猫虽然动弹不得，但她的梦却可以随处移动，因此狐狸脸人身的梦游人活跃了很多年，一旦猫从梦中醒来，他便随即消失。

仔细想想，猫被绑起来了也真是一件好事。要是她还能动，

①南半球六月是冬季。

肯定会到处教唆动物学坏，绵羊可能就跟野猪一样野蛮，苍蝇可能就跟蚊子一样惹人烦，要么马就会像野牛一样鲁莽，或者鱼会跟毒蛇一样分泌毒液。一旦猫醒了过来，狐狸脸人身的梦游人就消失了，这样树上还是万花绽放，结满果实，草色碧绿，雨如银丝，这片大地上的人们仍旧诚心向善。

然而有一天邪恶猫一直做梦，梦游人忙得不亦乐乎。这一天，挂着斧头的林子里来了一个陌生人，双眼微微向上倾斜，头发发红，衣服破破烂烂，浑身污垢。说实话，没人会朝这个乞丐再看第二眼。要说从森林里过来，衣服被灌木刺划破很正常，不过各种污迹，尤其还是带血的污迹就有点奇怪了，毕竟森林里到处都有水流，水流也一点不冷，随时可以洗一洗。过往的人们看到他唯恐避之不及，连看他的眼神都不太友好，虽然这里的人们都心地善良，但他们还是想让乞丐走远一点，别待在他们这块地方。要说不待在村子里也不难，因为村子附近就有好多水果和浆果，还有甜美可口的根茎，营养丰富；到了晚上换了谁都想躺在星空下睡觉，根本不会有邪恶猫那样的生物前来做坏事。不过这个陌生人也没有讨好村民的意思，也没做什么，因为他只是邪恶猫梦境化作的人形。

有一段时间，梦游人会站在树下大喊大叫，说整个世界都与他为敌，说这里没人喜欢他。他还做了些梦里的人常常做的奇怪的事，有时跑远有时跑近，有时指着别人，有时展开双臂绕着大圈飞行，手指根根张开。虽然他越飞划得圈越小，但他的手指始终指向某一个围观者的双眼。人们觉得这个人很烦，却也只能让他这么烦。有时他累得不行了就难过地哭了起来，哭着哭着就停下了，但仍旧没人敢靠近。过了一阵他又开始疯狂地大声唱歌，歌词是这么写的：

> "我走过整个世界，
> 孤独一人，无人做伴。
> 麻烦不断，一路试炼，
> 孤独一人，默默承担。
> 我走过白天黑夜，
> 孤独一人，无人做伴。
> 世事无常，命途多舛，
> 孤独一人，无人做伴。"
> 唱完了还发出一声狼一样的长嚎。

唱完了歌、吼完这一嗓子之后他也闲不下来，开始做各种愚蠢的动作，狂暴地跳来跳去，张牙舞爪，却不发出一丝声响。接着他开始胡言乱语，旁边的村民看了面面相觑，以为这个人疯了，怎么也不会想到这个人是邪恶猫的梦变的。

与此同时，湖那边来了一个人。这个叫纳斯卡的孩子拿着一筐鱼，一路唱着歌儿哼着小调过来了。看到大家都在围着看什么，他也挤上前去。梦游人一看到纳斯卡筐里的鱼就扑了上去狼吞虎咽，连鱼头鱼尾都吃得一干二净，毕竟那是猫的梦变的，一下就暴露了猫的本性。等吃完了鱼，这个人又开始挥着胳膊转着圈，声音忽大忽小地哀叹，手指着男孩吼叫起来。纳斯卡觉得这种人还是不要理才好，但又碍于礼节不好意思这么说。

"我又饿又累，"陌生人说，"就没人能给我地方待一下吗？就没人心软可怜可怜我吗？"

纳斯卡听了这话，心肠软了下来。他跟祖母相依为命，两个人都不会对饥饿的人无动于衷，也不会让他们空手而归。纳斯卡本来就心地善良，看到有动物不小心把花茎弄断都会难过好半天。眼前这个陌生人怪异的举动让他很是疑惑，陌生人动也不动，只把脸扭过来朝着男孩看去，然后又摇摇头转到别处——这是梦游人的惯用伎俩——男孩盯着他的脸很快就头晕目眩起来。最后他红着脸说出了周围的人都不敢做的事情：

"来吧，跟我走吧。我家房子虽然小一点，但是还有空余的房间。请你相信我，身边的人并不是不欢迎你，只是你走了太多路太疲惫了，举止比较怪异吓到了他们。跟我来吧，山丘后面有棵树，我们就住在树下，旁边就是一个湖，你尽可以在里面洗干净再出来。"

梦游人跟着纳斯卡一蹦一跳地来到山的那边。纳斯卡忐忑不安，越来越觉得这不像个人而像个影子一样缠着他，随时可能扑上来伤害他。

回到家，祖母听到梦游人胡言乱语的声音就倒下了，并开始颤抖，纳斯卡看到十分担心。过了一会儿，等梦游人吃了东西到树下休息，祖母才起来拿水洗了把脸，纳斯卡一边安慰祖母，一边问她为什么难过。祖母很是虚弱，她眨着年老而黯淡的眼睛说：

"孩子，这个人眼睛斜斜的，是不是像狐狸一样？"

"嗯嗯，真的呢。"纳斯卡说。然而他还是单纯善良地为梦游人说了好多求情的话，"不过大家长成什么样子，也不是自己能决定的，所以我才觉得他好可怜。"

"那么，孩子，我问你，他的牙齿是不是像猫一样尖利？"祖母赶紧问。

"的确，"纳斯卡想了想，"祖母，那你年轻的时候有没有见过他呢？"

"我也没有啊，纳斯卡。虽然我没见过他，却还是感觉害怕。很久以前我听过好些故事，讲一种动物特别坏，干尽坏事的那种，而且没有谁能把它杀掉。"祖母说完，沉默了一阵，又问他："纳斯卡，你见过他的耳朵吗？是不是像狐狸的耳朵一样尖尖的？"

"是的，是尖尖的。"纳斯卡说。

老妇人又陷入了忧愁。纳斯卡见了忍不住安慰她说，要是这个人敢做什么坏事他就拼死保护祖母。

"傻孩子，你的心意我知道。他真是冲着我来的话我倒不担心。我一把年纪，该见识的也见识过了，剩下没多少日子。我担心的是别的。我听说这个人来的时候无影无形，走的时候也一下子就消失不见了，却能在显形的时候做坏事，我害怕的正是这个。纳斯卡，来，答应祖母，要是这个人跟你要什么东西，你不要答应他，不要做伤害其他人的事情。"

纳斯卡高兴地答应了。"不过他可能也没有祖母说的那么坏，只是因为遇见了什么可怕的事情才会变成现在这个样子吧。他的脸确实不好看，不过人丑心善也说不定，到时候人脸也会有相应的变化。"

"嗯，不过人脸也会变丑恶的。"祖母说，"老话说得好，江山易改，本性难移，这个人的本性估计也是很难改变的。"

纳斯卡把祖母的话牢记于心。但是到了第二天，一件奇怪的事情发生了。梦游人混进人群，一个一个地问他们最想要的东西是什么，但是没有人要许愿。生活在这一带的人们满足而愉快，他们生活简单，需要的东西并不多。梦游人只好再往前走，偶然间碰到一群人，其中一个因为没睡好而发脾气。这个人比较胖，行动缓慢，每天睡够了才行，那天早上却被鸟鸣吵醒了。更糟糕的是他醒来之后又匆忙赶了好长一段路，身上被灌木划伤了好几处，要不是听见梦游人的话，他也不会再想这些闹心事了，结果他一听梦游人能满足他的愿望就动心了。

"你要真能满足人的愿望，我这就有一个。"他一边说，一边朝其他人点头，看样子要说什么重要的事。

"说说看。"梦游人一边说，一边古怪地咧嘴笑起来，露出黄色的尖牙。

"今天早上我被鸟儿吵醒了，又被灌木划伤了，所以我希望以后不要有什么东西到我身边烦我。"

"如你所愿。"梦游人说完，开始胡言乱语，周围的人都听不明白。

奇怪的事情发生了。许愿人身边的绿草枯萎，鲜花凋谢，连偶尔飞过他头顶的蝴蝶都掉落脚边死掉了，他身边的人、动物和植物一下子都消失了。许愿人呆若木鸡，张大嘴看着梦游人。周围的人纷纷逃离，他们很快便发现，在那个人身边声音都传不出来，连鸟儿啁啾、昆虫窸窣都没有。的确，许愿人身边不会再出现打扰他或者烦他的东西了；他所到之处一切生命立刻死亡。他的朋友个个都不愿意靠近他。许愿人害怕孤单一人，不由得走近一棵树，然而他还没碰到树干，树枝上的树叶便一片片变黑掉落，只剩下树枝树干像一副空洞的架子映衬着天空。许愿人再也不抱希望，回头飞奔进森林，他身前身后瞬间开了一条空无一物的小路，好像身后跟着死神一样。

纳斯卡看到这一切，想起昨晚祖母害怕的事情，发现很多都对得上号。但是发生这个事情到底是谁的错？也是许愿人许愿的时候不当心，而不是满足他愿望那个人的错。祖母听了纳斯卡讲的故事，感觉很是难过，一下倒在地上哭了起来，无论纳斯卡怎么安慰，她还是不停地流泪。

"纳斯卡，我们要让他离开这里。你听我说，他作恶多端，跟我们不是同类人，肯定会给我们带来一系列灾难和不幸。只要有办法能赶他走，我们就这么做。即便要假装帮助他也在所不惜。纳斯卡，这个时候可不能想着给自己好处。即便为了赶他走而帮助他，也不能伤害到其他有生命的东西，哪怕是最小的那些。"

纳斯卡点点头，第二天清晨便起身上山，学着当地勇敢强壮的少年以及美丽的少女那样看日出。接着他下山去游泳，上岸之后吃了点水果沉思了一阵，就去直面梦游人。

"先生你好，你知道吗，我们这里很多人都怕你，你要是能离开这一带就最好了。"

"呵？呵！这是谁呀，好大的胆子。"梦游人听了纳斯卡的话满腹怒火。

"我说的是实话。"男孩的心突突跳着，但还是勇敢地说了下去，"那你说吧，要我们做什么你才肯走。"

梦游人想了一下，说："遥远的山上有一只温柔的生物，身上绑着魔法线不得动弹。这根线没有人能扯断，不过只要用那把被施了魔法的斧头就能砍断。魔法线被砍断之后，之前被施魔法的人也会摆脱魔咒。被绑住的生物是一只猫，她是我的朋友，她一点都不吓人。纳斯卡，只要你拿着魔法斧头跟我走，等你看到那只猫，魔法就能解除了。"

纳斯卡没听出什么破绽，于是先去找那把斧头。那棵树已经很高了，没有人想过爬上树去拿斧头，纳斯卡费了很大力气爬上大树，把吊起来的斧头拿了下来，紧紧绑在自己的腰带上，然后回到梦游人身边。梦游人拿猫头鹰的羽毛和臭鼬皮做了一张毯子铺在地上，只是毯子太小不够两个人用，于是纳斯卡用魔法斧朝它砍去，瞬间便多了一张毯子。纳斯卡这下高兴起来，因为他本来也不想跟梦游人站在一起。他们刚在毯子上站好，毯子就带着他们飞离了地面，不一会儿整个国家都在他们脚下，原本高大的树木变成了草叶，蜿蜒的河流变成了细细的丝线。最后他们来到群山之间一片遍布石块、寸草不生的地方。这里山脊连着山脊，他们降落在其中一个山顶上。

"看，那边有个山丘。"梦游人一边跟纳斯卡说，一边指着很远的地方，看上去并不算很远。纳斯卡顺着他指的方向看过去，发现了三块大石头。几百年前的小石板现在已经长大了好多，不过在纳斯卡眼里还没高过人的膝盖。石块下面就是那只猫。

"我要找的伙伴就是她。"梦游人说，"她被魔法线捆住了，只有魔法斧头才可以解救。我向你保证，只要你能把她解救出来，我就再也不来这一带。"

"行啊，"纳斯卡说，"但你还要保证把我送回去，因为这里离我家特别远。"

"没问题，你不是有那张飞毯吗？不过你要当心，要是离开毯子一步，毯子就会消失。"

纳斯卡想了一会儿，越想越觉得自己把猫身上的绳索解开是一件正确的事情，于是他叫梦游人带他找那根线。梦游人指指脚下，纳斯卡才发现脚边就有一根头发一样的细线，一直蜿蜒到远方。纳斯卡举起斧头砍断了线绳，一声雷响，线绳像蛇一样爬走了。梦游人也并没有说谎，砍断线绳之后纳斯卡瞬间便回到了原来挂着斧头的那棵树上，一来一回没花什么时间。纳斯卡记得走的时候还看到有人在池边蹲下往葫芦里灌水，回来的时候那人才把葫芦灌满，直起身子准备离开。纳斯卡从此以后再也没见过那个梦游人，因为线绳断了之后猫就醒了，自然就不再做梦，也不会有梦游人。之前中了魔法的人又回来了，因为他而死去的动物和植物因为魔法的解除也一一恢复了生命。

那只猫后来怎么样了？纳斯卡从来没想到他把一只可怕的生物放了出来：几百年来，猫已经长得很大了，变得比一头牛还要大。直到一个寒冷的晚上，纳斯卡坐在火堆旁取暖，看到门口的挂毯飘进屋内，以为祖母要走进家门，却看到一只巨大的猫堵在门口，两只眼睛个个都跟鸡蛋一样大。猫的个头太大了，只能压低了身子往屋里挤，刚进来就挤满了屋子，纳斯卡都看呆了。猫身上带着一股恶意和邪气，她不怀好意地盯着纳斯卡。纳斯卡虽然很害怕却一点都没有表现出来。他觉得猫应该喜欢温暖的地方，就给猫让出了靠近火堆的位置。于是猫便趴在火堆旁边靠着纳斯卡，有时候盯着火堆看，双眼眨也不眨，有时候又扭过头盯着男孩看，好久好久都不动弹。有次纳斯卡站了起来说想出去拿点柴火，其实是想出去保证自己的安全，结果这只猫亮出自己锋利的巨爪，纳斯卡看到只好重新坐下。男孩想来想去，猫儿左看看右看看，整个屋子像午夜的湖面一样安静。

纳斯卡突然想到了办法。

"要是你想待在这儿休息，"他对猫说，"那我就走了。"

"你不能走。"猫柔声说道，一边张开她尖利的爪子向他示意。

屋子里的火烧了很长时间，现在只剩下一点点火星，墙上大猫的影子又大又黑，纳斯卡还在苦思冥想，大猫还是盯着他看了又看。火花开始颤抖，墙上黑色的影子也跟着跳来跳去，忽大忽小，猫的眼睛还是盯着纳斯卡，不时闪烁着一股冷冷的光。

突然纳斯卡冷笑了一声。

"你笑什么？"猫问。

"虽然你个头大，我个头小，但是我跑起来可比你快十倍。"纳斯卡勇敢地说，"这可是公认的。"

"胡说，"刚才那一番话显然挑起了她的好胜心，"我才是世上跑得最快的，我能跳过高山，还能一步跨过好几条河。"

"随便你怎么跑都没用的，"纳斯卡越来越大胆，"我还是坦白告诉你吧：给你砍断绳子那天，我走的时候还看到有人在池边蹲下往葫芦里灌水，回来的时候那人才把葫芦灌满，直起身子准备离开。你要是不信，我就把那个人带来给你作证。"

纳斯卡说这个是想找个借口离开这里，没想到这番话引起了大猫的好奇。

"你为什么要把我放出来？"大猫问。

"因为我想跟你比赛。"纳斯卡说。

"要是真比的话，来打个赌吧。"大猫说，"你要是输了的话，就给我吃掉，行不行？"

"行吧。"纳斯卡说，"反正你要是输了我不会吃了你。我们就约明天比赛吧。我在树下睡一觉休息一下，明天早上才有精神。"

"不行。"大猫说，"要比的话就在午夜比，天上有月亮的时候。"

"行行行。"纳斯卡说，"那去哪儿比赛？"

"跑到山那边再跑回来，一共跑7个来回。"大猫很聪明，开口就选择了高地，因为她知道遇到山头和山谷她能跳过去，纳斯卡就只能爬上爬下；大猫选择晚上是因为晚上她比纳斯卡看得清楚。不过纳斯卡想的也不只是躲开大猫，他跟大猫说要给她打一筐鱼当晚餐，也真的打了一筐鱼给她，趁她大快朵颐的时候就出来找祖母。

祖母听了纳斯卡的故事哈哈大笑。"猫有猫的办法，我们人也用人类的智慧，很好。纳斯卡，快去把那把魔法斧头给我找来。"

"不行，用斧头的话一只大猫就会变成两只了，一只就够我们受的了。"

"听我的，纳斯卡，快去把斧头给我拿来。"

男孩飞也似的跑去给祖母拿斧头。

"纳斯卡，站好，别怕。"祖母说着挥起斧头。男孩看到了赶忙站直了闭上眼睛。

斧头轻巧地落在纳斯卡身上，然后立刻出现了两个纳斯卡，相貌和身材都一模一样。

"我身边有一个纳斯卡就很开心了，现在有两个我就更开心。纳斯卡一号待着别动，纳斯卡二号跟我来。好事马上就要来了。"

她刚要走就发现自己高兴得都忘了交待该交待的事情，所以又转过头对纳斯卡一号说：

"在这儿等着大猫，跟她去山谷比赛。等她开始跳的时候你就跟着跑，跑一段之后就找个地方躲起来等猫回来，我们会处理好别的事情。等她跑回来你就笑她跑得慢，然后我们见机行事。"

祖母说完就带着纳斯卡二号走了，他们勇敢地翻越崇山峻岭，来到一处山峰垂直陡峭的地方，坐下等着大猫。纳斯卡二号站在明处，祖母躲在一块石头后面。

月亮很快升了上来，大猫来到纳斯卡一号站着的地方，双眼明亮而邪恶，纳斯卡看一眼就吓得脸色苍白。尽管这样，纳斯卡还是竭力表现出勇敢的样子。他并不是不害怕，只是担心自己没有勇气做好必须要做的事情。于是他勇敢地跟大猫说：

"我说，你能跳过山顶山谷，像鸟儿一样从一边飞到另一边，而我就只能爬上爬下，这样并不公平吧？我们公平一点，你也跟我一样爬上山再爬下山吧。"纳斯卡这么说只是想捉弄大猫，因为他很清楚大猫并不会给他什么机会。

大猫冷笑一声。"哟！究竟是怎么了？你是不是已经害怕了？是不是没开始就被恐惧折磨了？果然是个强大的对手哟！小伙子，我跟你说，我才不会答应你。我们就这么比赛，你就等着当我的晚餐吧。"

纳斯卡一言不发，四下里一片寂静，只有偶尔几声猫头鹰的嘶吼似乎想告诉大猫发生了什么。不过大猫沉浸在自己的想法里，根本听不到周围的声音。她拱起背部趴在地上准备跳起来，纳斯卡还在想她是要朝他跳过去还是直接跳过山谷。突然响起一阵闪电一样的声音——大猫一声"开始"，便跳过了山谷远远抛下了纳斯卡，纳斯卡只能费尽力气爬上爬下。大猫跳到山的另一侧回头看纳斯卡跑到了哪里，然后发出一声胜利的呼号："来啊！跑快点！跑起来！跑起来我才有胃口吃掉你！"她一边说一边跳得更远了，跳过一个个山丘，跳过河水跳过小桥又跳过石块，每次都能跳一百码①那么远，很快便来到纳斯卡二号所在的位置。看到对手已经到达，她大吃一惊。

"太简单了。"纳斯卡二号照着祖母吩咐的那样说，"我还

---

① 1 码 =0.914 米。

以为猫能跳得比我快呢，结果，哼！"

大猫听到这句话恼羞成怒，她又朝着群山大吼了一声："哼！比回程！比回程！你等着！"

纳斯卡二号跑了起来，大猫像一道闪电一样经过他的身边，每一根胡须都在颤抖。等她刚翻过第一座山峰，纳斯卡二号就跟祖母一起藏了起来。大猫当然什么都不知道，还是跟刚才一样跳过山峰山谷，跳过小桥流水和石块，这次一跳能跳二百码那么远了，最后回到起点却看到纳斯卡站在那里一边假装擦眉毛上的汗一边朝她微笑。

"比刚才厉害了，猫咪，差一点就赶上我了，再快一点就肯定能赢了。不过，我还是比你快好多呀。再来一次。"

纳斯卡刚说完就又出发爬山。大猫见状愤怒地发出一声怒吼，震得地动山摇。这次她更快了，路过的大树和灌木都烧了起来，路上的石头也一个个被灼热的空气熔化了。猫儿跟刚才一样跳过山峰山谷，跳过小桥流水和石块，现在每跳一次都有四百码远，结果还是看到纳斯卡站在终点等着她。

"跑得很快啊，猫咪，我觉得我们很快就能结束比赛了。我就回去过我的好日子，不过你这次就没晚餐吃了。我还是要努力啊，输了我就没命了。"

这次大猫一筹莫展，一心觉得纳斯卡比她跑得快。她又张开嘴准备大吼，结果只有微弱的呼吸。她跟跄几下晕倒在地，什么都看不见了。纳斯卡二号跟祖母见机行事，马上把大猫赶到陡峭的山崖边上，一鼓作气把大猫推了下去。大猫被尖厉的山峰割成了无数碎片，从此再也没法东山再起，连梦都做不了，更不会有梦游人出现了。

两个纳斯卡跟祖母回到村庄，告诉人们事情的始末，人们喜出望外，载歌载舞，欢乐非常，这片土地自此只有和睦与友好。故事里那三块巨石现在还在高山上，又大又沉，二百个壮丁也抬不动，智者也猜不到到底是谁把巨石放过去的，只有资质普通的人才知道事情的原委，不信的话遇到聪明人就问问他们，看他们会不会知道。